ЧТЕНИЕ — ЛУЧШЕЕ УЧЕНИЕ

А.П. Чехов

КАШТАНКА

Рассказы

Художник *Сергей Гаврилов*

Москва
«Махаон»
2016

УДК 821.161.1-32-93
ББК 84(2Рос=Рус)
Ч-56

Чехов А. П.

Ч-56　Каштанка : рассказы / А. П. Чехов ; вступ. ст. О. Б. Корф; ил. С. Гаврилова. – М. : Махаон, Азбука-Аттикус, 2016. – 96 с. : ил. – (Чтение – лучшее учение).

ISBN 978-5-389-10495-2

В книге собраны самые известные и любимые рассказы А.П. Чехова. В них юмор сочетается с грустью и состраданием. Простые и тихие слова точнее всего отражают суть, попадают в самое сердце.

УДК 821.161.1-32-93
ББК 84(2Рос=Рус)

© Гаврилов С., иллюстрации, 2016
© Оформление. Вступительная статья.
ООО «Издательская Группа
«Азбука-Аттикус», 2016
Machaon®

ISBN 978-5-389-10495-2

«СОБАЧЬИ СКАЗКИ» И ДРУГИЕ ИСТОРИИ ДЛЯ ДЕТЕЙ

Антон Павлович Чехов (1860–1904), всемирно известный прозаик и драматург, родился в Таганроге, был третьим ребёнком в семье. Знаменитая фраза писателя: «В детстве у меня не было детства» — объясняет, отчего его рассказы о детях столь печальны.

Отец Чехова был владельцем бакалейной лавки. К своим детям он относился как к рабам и нередко для наказания использовал розги. Дети были «маленькими каторжниками».

Радовала только природа — море, величавый Дон, раздольная степь. Утешало также чтение, домашние спектакли, походы в настоящий театр...

Гимназия тоже была каторгой: Антон сам зарабатывал на учёбу да ещё отправлял деньги в Москву, куда от долговой тюрьмы бежал разорившийся отец. Из долгого гимназического «заключения» (Чехов дважды оставался на второй год) пришло смешное прозвище «Че-хон-те», которым наградил Антона протоиерей Покровский.

В 1879 году Чехов поступил на медицинский факультет Московского университета. И вновь совмещал учёбу с работой. Благодаря литературным заработкам он один содержал всю семью.

Первые публикации – рассказы «Письмо к учёному соседу» и «Что чаще всего встречается в романах, повестях и т. п.?» – привлекли всеобщее внимание.

Его ранние произведения были блестящими образцами юмористики и литературной пародии, их печатали ведущие газеты и журналы, хотя сам Чехов иронически называл себя «литературным подёнщиком». Конечно, это не так – среди этих рассказов немало подлинных шедевров.

Он писал, используя несколько десятков псевдонимов: Антоша Чехонте, Брат моего брата, Человек без селезёнки, Вспыльчивый человек.

Темы и сюжеты Чехову в огромном количестве предлагала сама жизнь.

Как практикующий врач он видел много страданий, и юмор постепенно уходит из его творчества. Он пишет о несчастных, обездоленных людях. Сильнейшее сочувствие вызывают у него самые беззащитные – дети.

Девятилетний Ванька Жуков, отданный в ученики к сапожнику («Ванька»), в письме к деду описывает бесконечные свои унижения. Он перечёркивает и без того призрачную надежду на спасение, когда пишет адрес на конверте — «На деревню дедушке. Константину Макарычу». Не знает ребёнок адреса, где ждёт его помощь, нет такого адреса. Читатели испытывают глубокое потрясение, не утешает даже то, что сам Ванька, отправив письмо, будет жить надеждой.

К детям Чехов относился серьёзно, понимая, что в начале жизни закладываются основы характера и судьбы.

В рассказе «Мальчики» он касается темы неудачи и невезения. Смешными кажутся два гимназиста, которые, начитавшись Майн Рида, собрались в Америку за золотом. Мальчики забыли про порох, при покупке которого их и поймали. Но чувства одного из них, Володи, вовсе не смешны: и жалость к матери, и стыд, и раскаяние, и страх наказания — всё смешалось в его душе.

Специально для детей Чехов не писал. Исключение — рассказ «Белолобый». «Каштанку» же он не раз переработал для маленьких читателей. Историю о крохотном глупом щенке, игравшем с волчатами, и рассказ о потерявшейся в зимней вьюге собачонке, которая стала цирковой артисткой, Чехов называл «сказками из собачьей жизни». «Славный народ — собаки!» — говорил иногда Чехов с добродушной улыбкой.

Эта теплота передалась и юным читателям его «сказок». Герои-животные в них очеловечены, а действие развивается так же неожиданно, как в сказках. Дети радуются счастливому концу, но не ускользает от них и печаль: жаль старого клоуна, который тоже привык к Каштанке и полюбил её.

«Детские» рассказы Чехова подтверждают его известную фразу: «Детям надо давать только то, что годится и для взрослых».

Ольга Корф

ВАНЬКА

Ванька Жуков, девятилетний мальчик, отданный три месяца тому назад в ученье к сапожнику Аляхину, в ночь под Рождество не ложился спать. Дождавшись, когда хозяева и подмастерья ушли к заутрене, он достал из хозяйского шкапа пузырёк с чернилами, ручку с заржавленным пером и, разложив перед собой измятый лист бумаги, стал писать. Прежде чем вывести первую букву, он несколько раз пугливо оглянулся на двери и окна, покосился на тёмный образ, по обе стороны которого тянулись полки с колодками, и прерывисто вздохнул. Бумага лежала на скамье, а сам он стоял перед скамьёй на коленях.

«Милый дедушка, Константин Макарыч! – писал он. – И пишу тебе письмо.
Поздравляю вас с Рождеством и желаю тебе всего от Господа Бога. Нету у меня ни отца, ни маменьки, только ты у меня один остался».

Ванька перевёл глаза на тёмное окно, в котором мелькало отражение его свечки, и живо вообразил себе своего деда Константина Макарыча, служащего ночным сторожем у господ Живарёвых. Это маленький, тощенький, но необыкновенно юркий и подвижной старикашка лет шестидесяти пяти, с вечно смеющимся лицом и пьяными глазами. Днём он спит в людской кухне или балагурит с кухарками, ночью же, окутанный в просторный тулуп, ходит вокруг усадьбы и стучит в свою колотушку.

За ним, опустив головы, шагают старая Каштанка и кобелёк Вьюн, прозванный так за свой чёрный цвет и тело, длинное, как у ласки. Этот Вьюн необыкновенно почтителен и ласков, одинаково умильно смотрит как на своих, так и на чужих, но кредитом не пользуется. Под его почтительностью и смирением скрывается самое иезуитское ехидство. Никто лучше его не умеет вовремя подкрасться и цапнуть за ногу, забраться в ледник или украсть у мужика курицу. Ему уж не раз отбивали задние ноги, раза два его вешали, каждую неделю пороли до полусмерти, но он всегда оживал.

Теперь, наверно, дед стоит у ворот, щурит глаза на ярко-красные окна деревенской церкви и, притопывая валенками, балагурит с дворней. Колотушка его подвязана к поясу. Он всплёскивает руками, пожимается от холода и, старчески хихикая, щиплет то горничную, то кухарку.

– Табачку нешто нам понюхать? – говорит он, подставляя бабам свою табакерку.

Бабы нюхают и чихают. Дед приходит в неописанный восторг, заливается весёлым смехом и кричит:

– Отдирай, примёрзло!

Дают понюхать табаку и собакам. Каштанка чихает, крутит мордой и, обиженная, отходит в сторону. Вьюн же из почтительности не чихает и вертит хвостом.

А погода великолепная. Воздух тих, прозрачен и свеж. Ночь темна, но видно всю деревню с её белыми крышами и струйками дыма, идущими из труб, деревья, посеребрённые инеем, сугробы.

Всё небо усыпано весело мигающими звёздами, и Млечный Путь вырисовывается так ясно, как будто его перед праздником помыли и потёрли снегом...

Ванька вздохнул, умокнул перо и продолжал писать:

«А вчерась мне была выволочка. Хозяин выволок меня за волосья на двор и отчесал шпандырем за то, что я качал ихнего ребятёнка в люльке и по нечаянности заснул. А на неделе хозяйка велела мне почистить селёдку, а я начал с хвоста, а она взяла селёдку и ейной мордой начала меня в харю тыкать. Подмастерья надо мной насмехаются, посылают в кабак за водкой и велят красть у хозяев огурцы, а хозяин бьёт чем попадя. А еды нету никакой. Утром дают хлеба, в обед каши и к вечеру тоже хлеба, а чтоб чаю или щей, то хозяева сами трескают. А спать мне велят в сенях, а когда ребятёнок ихний плачет, я вовсе не сплю, а качаю люльку. Милый дедушка, сделай божецкую милость, возьми меня отсюда домой, на деревню, нету никакой моей возможности...

Кланяюсь тебе в ножки и буду вечно Бога молить, увези меня отсюда, а то помру...»

Ванька покривил рот, потёр своим чёрным кулаком глаза и всхлипнул.

«Я буду тебе табак тереть, – продолжал он, – Богу молиться, а если что, то секи меня как сидорову козу. А ежели думаешь, должности мне нету, то я Христа ради попрошусь к приказчику сапоги чистить али заместо Федьки в подпаски пойду. Дедушка милый, нету никакой возможности, просто смерть одна. Хотел было пешком на деревню бежать, да сапогов нету, морозу боюсь. А когда вырасту большой, то за это самое буду тебя кормить и в обиду никому не дам, а помрёшь, стану за упокой души молить, всё равно как за мамку Пелагею.

А Москва город большой. Дома всё господские и лошадей много, а овец нету и собаки не злые. Со звездой тут ребята не ходят и на клирос петь никого не пущают, а раз я видал в одной лавке на окне крючки продаются прямо с леской и на всякую рыбу, очень стоющие, даже такой есть один крючок, что пудового сома удержит. И видал которые лавки, где ружья всякие на манер бариновых, так что небось рублей сто кажное... А в мясных лавках и тетерева, и рябцы, и зайцы, а в котором месте их стреляют, про то сидельцы не сказывают.

Милый дедушка, а когда у господ будет ёлка с гостинцами, возьми мне золочёный орех и в зелёный сундучок спрячь. Попроси у барышни Ольги Игнатьевны, скажи, для Ваньки».

Ванька судорожно вздохнул и опять уставился на окно. Он вспомнил, что за ёлкой для господ всегда ходил в лес дед и брал с собою внука. Весёлое было время! И дед крякал, и мороз крякал, а глядя на них, и Ванька крякал.

Бывало, прежде чем вырубить ёлку, дед выкуривает трубку, долго нюхает табак, посмеивается над озябшим Ванюшкой... Молодые ёлки, окутанные инеем, стоят неподвижно и ждут, которой из них помирать. Откуда ни возьмись, по сугробам летит стрелой заяц... Дед не может чтоб не крикнуть:

– Держи, держи... держи! Ах, куцый дьявол!

Срубленную ёлку дед тащил в господский дом, а там принимались убирать её... Больше всех хлопотала барышня Ольга Игнатьевна, любимица Ваньки.

Когда ещё была жива Ванькина мать Пелагея и служила у господ в горничных, Ольга Игнатьевна кормила Ваньку леденцами и от нечего делать выучила его читать, писать, считать до ста и даже танцевать кадриль. Когда же Пелагея умерла, сироту Ваньку спровадили в людскую кухню к деду, а из кухни в Москву к сапожнику Аляхину...

«Приезжай, милый дедушка, – продолжал Ванька, – Христом Богом тебя молю, возьми меня отседа. Пожалей ты меня, сироту несчастную, а то меня все колотят, и кушать страсть хочется, а скука такая, что и сказать нельзя, всё плачу. А намедни хозяин колодкой по голове ударил, так что упал и насилу очухался. Пропащая моя жизнь, хуже собаки всякой... А ещё кланяюсь Алёне, кривому Егорке и кучеру, а гармонию мою никому не отдавай. Остаюсь твой внук Иван Жуков, милый дедушка, приезжай».

Ванька свернул вчетверо исписанный лист и вложил его в конверт, купленный накануне за копейку... Подумав немного, он умокнул перо и написал адрес:

«На деревню дедушке».

Потом почесался, подумал и прибавил: «Константину Макарычу».

Довольный тем, что ему не помешали писать, он надел шапку и, не набрасывая на себя шубейки, прямо в рубахе выбежал на улицу...

Сидельцы из мясной лавки, которых он расспрашивал накануне, сказали ему, что письма опускаются в почтовые ящики, а из ящиков развозятся по всей земле на почтовых тройках с пьяными ямщиками и звонкими колокольцами.

Ванька добежал до первого почтового ящика и сунул драгоценное письмо в щель...

Убаюканный сладкими надеждами, он час спустя крепко спал... Ему снилась печка. На печи сидит дед, свесив босые ноги, и читает письмо кухаркам... Около печи ходит Вьюн и вертит хвостом...

МАЛЬЧИКИ

— Володя приехал! — крикнул кто-то на дворе.

— Володичка приехали! — завопила Наталья, вбегая в столовую. — Ах, боже мой!

Вся семья Королёвых, с часу на час поджидавшая своего Володю, бросилась к окнам. У подъезда стояли широкие розвальни, и от тройки белых лошадей шёл густой туман. Сани были пусты, потому что Володя уже стоял в сенях и красными, озябшими пальцами развязывал башлык. Его гимназическое пальто, фуражка, калоши и волосы на висках были покрыты инеем, и весь он от головы до ног издавал такой вкусный морозный запах, что, глядя на него, хотелось озябнуть и сказать: «Бррр!» Мать и тётка бросились обнимать и целовать его, Наталья повалилась к его ногам и начала стаскивать с него валенки, сёстры подняли визг, двери скрипели, хлопали, а отец Володи в одной жилетке и с ножницами в руках вбежал в переднюю и закричал испуганно:

— А мы тебя ещё вчера ждали! Хорошо доехал? Благополучно? Господи боже мой, да дайте же ему с отцом поздороваться! Что я, не отец, что ли?

«Гав! Гав!» – ревел басом Милорд, огромный чёрный пёс, стуча хвостом по стенам и по мебели.

Всё смешалось в один сплошной радостный звук, продолжавшийся минуты две. Когда первый порыв радости прошёл, Королёвы заметили, что кроме Володи в передней находился ещё один маленький человек, окутанный в платки, шали и башлыки и покрытый инеем; он неподвижно стоял в углу в тени, бросаемой большою лисьей шубой.

– Володичка, а это же кто? – спросила шёпотом мать.

– Ах! – спохватился Володя. – Это, честь имею представить, мой товарищ Чечевицын, ученик второго класса... Я привёз его с собой погостить у нас.

– Очень приятно, милости просим! – сказал радостно отец. – Извините, я по-домашнему, без сюртука... Пожалуйте! Наталья, помоги господину Черепицыну раздеться! Господи боже мой, да прогоните эту собаку! Это наказание!

Немного погодя Володя и его друг Чечевицын, ошеломлённые шумной встречей и всё ещё розовые от холода, сидели за столом и пили чай. Зимнее солнышко, проникая сквозь снег и узоры на окнах, дрожало на самоваре и купало свои чистые лучи в полоскательной чашке. В комнате было тепло, и мальчики чувствовали, как в их озябших телах, не желая уступать друг другу, щекотались тепло и мороз.

– Ну, вот скоро и Рождество! – говорил нараспев отец, крутя из тёмно-рыжего табаку папиросу. – А давно ли было лето и мать плакала, тебя провожаючи? Ан ты и приехал... Время, брат, идёт быстро! Ахнуть не успеешь, как старость придёт. Господин Чибисов, кушайте, прошу вас, не стесняйтесь! У нас попросту.

Три сестры Володи: Катя, Соня и Маша – самой старшей из них было одиннадцать лет, – сидели за столом и не отрывали глаз от нового знакомого. Чечевицын был такого же возраста и роста, как Володя, но не так пухл и бел, а худ, смугл, покрыт веснушками. Волосы у него были щетинистые, глаза узенькие, губы толстые, вообще был он очень некрасив, и если б на нём не было гимназической куртки, то по наружности его можно было бы принять за кухаркина сына. Он был угрюм, всё время молчал и ни разу не улыбнулся. Девочки, глядя на него, сразу сообразили, что это, должно быть, очень умный и учёный человек. Он о чём-то всё время думал и так был занят своими мыслями, что когда его спрашивали о чём-нибудь, то он вздрагивал, встряхивал головой и просил повторить вопрос.

Девочки заметили, что и Володя, всегда весёлый и разговорчивый, на этот раз говорил мало, вовсе не улыбался и как будто даже не рад был тому, что приехал домой. Пока сидели за чаем, он обратился к сёстрам только раз, да и то с какими-то странными словами. Он указал пальцем на самовар и сказал:

— А в Калифорнии вместо чаю пьют джин.

Он тоже был занят какими-то мыслями, и, судя по тем взглядам, какими он изредка обменивался с другом своим Чечевицыным, мысли у мальчиков были общие.

После чаю все пошли в детскую. Отец и девочки сели за стол и занялись работой, которая была прервана приездом мальчиков. Они делали из разноцветной бумаги цветы и бахрому для ёлки. Это была увлекательная и шумная работа. Каждый вновь сделанный цветок девочки встречали восторженными криками, даже криками ужаса, точно этот цветок

падал с неба; папаша тоже восхищался и изредка бросал ножницы на пол, сердясь на них за то, что они тупы. Мамаша вбегала в детскую с очень озабоченным лицом и спрашивала:

– Кто взял мои ножницы? Опять ты, Иван Николаич, взял мои ножницы?

– Господи боже мой, даже ножниц не дают! – отвечал плачущим голосом Иван Николаич и, откинувшись на спинку стула, принимал позу оскорблённого человека, но через минуту опять восхищался.

В предыдущие свои приезды Володя тоже занимался приготовлениями для ёлки или бегал на двор поглядеть, как кучер и пастух делали снеговую гору, но теперь он и Чечевицын не обратили никакого внимания на разноцветную бумагу и ни разу даже не побывали в конюшне, а сели у окна и стали о чём-то шептаться; потом они оба вместе раскрыли географический атлас и стали рассматривать какую-то карту.

– Сначала в Пермь... – тихо говорил Чечевицын... – оттуда в Тюмень... потом Томск... потом... потом... в Камчатку... Отсюда самоеды перевезут на лодках через Берингов пролив... Вот тебе и Америка... Тут много пушных зверей.

– А Калифорния? – спросил Володя.

– Калифорния ниже... Лишь бы в Америку попасть, а Калифорния не за горами. Добывать же себе пропитание можно охотой и грабежом.

Чечевицын весь день сторонился девочек и глядел на них исподлобья. После вечернего чаю случилось, что его минут на пять оставили одного с девочками.

Неловко было молчать. Он сурово кашлянул, потёр правой ладонью левую руку, поглядел угрюмо на Катю и спросил:

— Вы читали Майн Рида?

— Нет, не читала... Послушайте, вы умеете на коньках кататься?

Погружённый в свои мысли, Чечевицын ничего не ответил на этот вопрос, а только сильно надул щёки и сделал такой вздох, как будто ему было очень жарко. Он ещё раз поднял глаза на Катю и сказал:

— Когда стадо бизонов бежит через пампасы, то дрожит земля, а в это время мустанги, испугавшись, брыкаются и ржут.

Чечевицын грустно улыбнулся и добавил:

— А также индейцы нападают на поезда. Но хуже всего это москиты и термиты.

— А что это такое?

— Это вроде муравчиков, только с крыльями. Очень сильно кусаются. Знаете, кто я?

— Господин Чечевицын.

— Нет. Я Монтигомо Ястребиный Коготь, вождь непобедимых.

Маша, самая маленькая девочка, поглядела на него, потом на окно, за которым уже наступал вечер, и сказала в раздумье:

— А у нас чечевицу вчера готовили.

Совершенно непонятные слова Чечевицына и то, что он постоянно шептался с Володей, и то, что Володя не играл, а всё думал о чём-то, — всё это было загадочно и странно. И обе старшие девочки, Катя и Соня, стали зорко следить за мальчиками. Вечером, когда мальчики ложились спать, девочки подкрались к двери и подслушали их разговор.

О, что они узнали!

Мальчики собирались бежать куда-то в Америку добывать золото; у них для дороги было уже всё готово: пистолет, два ножа, сухари, увеличительное стекло для добывания огня, компас и четыре рубля денег.

Они узнали, что мальчикам придётся пройти пешком несколько тысяч вёрст, а по дороге сражаться с тиграми и дикарями, потом добывать золото и слоновую кость, убивать врагов, поступать в морские разбойники, пить джин и в конце концов жениться на красавицах и обрабатывать плантации. Володя и Чечевицын говорили и в увлечении перебивали друг друга. Себя Чечевицын называл при этом так: «Монтигомо Ястребиный Коготь», а Володю – «бледнолицый брат мой».

– Ты смотри же, не говори маме, – сказала Катя Соне, отправляясь с ней спать. – Володя привезёт нам из Америки золота и слоновой кости, а если ты скажешь маме, то его не пустят.

Накануне сочельника Чечевицын целый день рассматривал карту Азии и что-то записывал, а Володя, томный, пухлый, как укушенный пчелой, угрюмо ходил по комнатам и ничего не ел. И раз даже в детской он остановился перед иконой, перекрестился и сказал:

– Господи, прости меня грешного! Господи, сохрани мою бедную, несчастную маму!

К вечеру он расплакался. Идя спать, он долго обнимал отца, мать и сестёр. Катя и Соня понимали,

в чём тут дело, а младшая, Маша, ничего не понимала, решительно ничего, и только при взгляде на Чечевицына задумывалась и говорила со вздохом:

— Когда пост, няня говорит, надо кушать горох и чечевицу.

Рано утром в сочельник Катя и Соня тихо поднялись с постелей и пошли посмотреть, как мальчики будут бежать в Америку. Подкрались к двери.

— Так ты не поедешь? — сердито спрашивал Чечевицын. — Говори: не поедешь?

— Господи! — тихо плакал Володя. — Как же я поеду? Мне маму жалко.

— Бледнолицый брат мой, я прошу тебя, поедем! Ты же уверял, что поедешь, сам меня сманил, а как ехать, так вот и струсил.

— Я... я не струсил, а мне... мне маму жалко.

— Ты говори: поедешь или нет?

— Я поеду, только... только погоди. Мне хочется дома пожить.

— В таком случае я сам поеду! — решил Чечевицын. — И без тебя обойдусь. А ещё тоже хотел охотиться на тигров, сражаться! Когда так, отдай же мои пистоны!

Володя заплакал так горько, что сёстры не выдержали и тоже тихо заплакали. Наступила тишина.

— Так ты не поедешь? — ещё раз спросил Чечевицын.

— По... поеду.

— Так одевайся!

И Чечевицын, чтобы уговорить Володю, хвалил Америку, рычал как тигр, изображал пароход, бранился, обещал отдать Володе всю слоновую кость и все львиные и тигровые шкуры.

И этот худенький смуглый мальчик со щетинистыми волосами и веснушками казался девочкам необыкновенным, замечательным. Это был герой, решительный, неустрашимый человек, и рычал он так, что, стоя за дверями, в самом деле можно было подумать, что это тигр или лев.

Когда девочки вернулись к себе и одевались, Катя с глазами полными слёз сказала:

– Ах, мне так страшно!

До двух часов, когда сели обедать, всё было тихо, но за обедом вдруг оказалось, что мальчиков нет дома. Послали в людскую, в конюшню, во флигель к приказчику – там их не было. Послали в деревню – и там не нашли.

И чай потом тоже пили без мальчиков, а когда садились ужинать, мамаша очень беспокоилась, даже плакала. А ночью опять ходили в деревню, искали, ходили с фонарями на реку. Боже, какая поднялась суматоха!

На другой день приезжал урядник, писали в столовой какую-то бумагу. Мамаша плакала.

Но вот у крыльца остановились розвальни, и от тройки белых лошадей валил пар.

– Володя приехал! – крикнул кто-то на дворе.

– Володичка приехали! – завопила Наталья, вбегая в столовую.

И Милорд залаял басом: «Гав! гав!» Оказалось, что мальчиков задержали в городе, в Гостином дворе (там они ходили и всё спрашивали, где продаётся порох). Володя, как вошёл в переднюю, так и зарыдал и бросился матери на шею. Девочки, дрожа, с ужасом думали о том, что теперь будет, слышали, как папаша повёл Володю и Чечевицына к себе в кабинет и долго там говорил с ними; и мамаша тоже говорила и плакала.

– Разве это так можно? – убеждал папаша. – Не дай бог, узнают в гимназии, вас исключат. А вам стыдно, господин Чечевицын! Нехорошо-с! Вы зачинщик, и, надеюсь, вы будете наказаны вашими родителями. Разве это так можно! Вы где ночевали?

– На вокзале! – гордо ответил Чечевицын.

Володя потом лежал, и ему к голове прикладывали полотенце, смоченное в уксусе. Послали куда-то телеграмму, и на другой день приехала дама, мать Чечевицына, и увезла своего сына.

Когда уезжал Чечевицын, то лицо у него было суровое, надменное, и, прощаясь с девочками, он не сказал ни одного слова; только взял у Кати тетрадку и написал в знак памяти:

«Монтигомо Ястребиный Коготь».

ДЕТВОРА

Папы, мамы и тёти Нади нет дома. Они уехали на крестины к тому старому офицеру, который ездит на маленькой серой лошади. В ожидании их возвращения Гриша, Аня, Алёша, Соня и кухаркин сын Андрей сидят в столовой за обеденным столом и играют в лото. Говоря по совести, им пора уже спать; но разве можно уснуть, не узнав от мамы, какой на крестинах был ребёночек и что подавали за ужином? Стол, освещаемый висячей лампой, пестрит цифрами, ореховой скорлупой, бумажками и стёклышками. Перед каждым из играющих лежат по две карты и по кучке стёклышек для покрышки цифр. Посреди стола белеет блюдечко с пятью копеечными монетами. Возле блюдечка недоеденное яблоко, ножницы и тарелка, в которую приказано класть ореховую скорлупу. Играют дети на деньги. Ставка – копейка. Условие: если кто смошенничает, того немедленно вон. В столовой, кроме играющих, нет никого. Няня Агафья Ивановна сидит внизу в кухне и учит там кухарку кроить, а старший брат, Вася, ученик V класса, лежит в гостиной на диване и скучает.

Играют с азартом. Самый большой азарт написан на лице у Гриши. Это маленький, девятилетний мальчик с догола остриженной головой, пухлыми щеками и с жирными, как у негра, губами. Он уже учится в приготовительном классе, а потому считается большим и самым умным. Играет он исключительно из-за денег. Не будь на блюдечке копеек, он давно бы уже спал. Его карие глазки беспокойно и ревниво бегают по картам партнёров. Страх, что он может не выиграть, зависть и финансовые соображения, наполняющие его стриженую голову, не дают ему сидеть покойно, сосредоточиться. Вертится он, как на иголках. Выиграв, он с жадностью хватает деньги и тотчас же прячет их в карман. Сестра его Аня, девочка лет восьми, с острым подбородком и умными блестящими глазами, тоже боится, чтобы кто-нибудь не выиграл. Она краснеет, бледнеет и зорко следит за игроками. Копейки её не интересуют. Счастье в игре для неё вопрос самолюбия. Другая сестра, Соня, девочка шести лет, с кудрявой головкой и с цветом лица, какой бывает только у очень здоровых детей, у дорогих кукол и на бонбоньерках, играет в лото ради процесса игры. По лицу её разлито умиление. Кто бы ни выиграл, она одинаково хохочет и хлопает в ладоши. Алёша, пухлый, шаровидный карапузик, пыхтит, сопит и пучит глаза на карты. У него ни корыстолюбия, ни самолюбия. Не гонят из-за стола, не укладывают спать – и на том спасибо. По виду он флегма, но в душе порядочная бестия. Сел он не столько для лото, сколько ради недоразумений, которые неизбежны при игре. Ужасно

ему приятно, если кто ударит или обругает кого. Ему давно уже нужно кое-куда сбегать, но он не выходит из-за стола ни на минуту, боясь, чтоб без него не похитили его стёклышек и копеек. Так как он знает одни только единицы и те числа, которые оканчиваются нулями, то за него покрывает цифры Аня. Пятый партнёр, кухаркин сын Андрей, черномазый болезненный мальчик, в ситцевой рубашке и с медным крестиком на груди, стоит неподвижно и мечтательно глядит на цифры. К выигрышу и к чужим успехам он относится безучастно, потому что весь погружён в арифметику игры, в её несложную философию: сколько на этом свете разных цифр, и как это они не перепутаются!

Выкрикивают числа все по очереди, кроме Сони и Алёши. Ввиду однообразия чисел практика выработала много терминов и смехотворных прозвищ.

Так, семь у игроков называется кочергой, одиннадцать – палочками, семьдесят семь – Семён Семёнычем, девяносто – дедушкой и т. д. Игра идёт бойко.

– Тридцать два! – кричит Гриша, вытаскивая из отцовской шапки жёлтые цилиндрики. – Семнадцать! Кочерга! Двадцать восемь – сено косим!

Аня видит, что Андрей прозевал 28. В другое время она указала бы ему на это, теперь же, когда на блюдечке вместе с копейкой лежит её самолюбие, она торжествует.

— Двадцать три! — продолжает Гриша. — Семён Семёныч! Девять!

— Прусак, прусак! — вскрикивает Соня, указывая на прусака, бегущего через стол. — Ай!

— Не бей его, — говорит басом Алёша. — У него, может быть, есть дети...

Соня провожает глазами прусака и думает о его детях: какие это, должно быть, маленькие прусачата!

— Сорок три! Один! — продолжает Гриша, страдая от мысли, что у Ани уже две катерны. — Шесть!

— Партия! У меня партия! — кричит Соня, кокетливо закатывая глаза и хохоча.

У партнёров вытягиваются физиономии.

— Проверить! — говорит Гриша, с ненавистью глядя на Соню.

На правах большого и самого умного, Гриша забрал себе решающий голос. Что он хочет, то и делают. Долго и тщательно проверяют Соню, и, к величайшему сожалению её партнёров, оказывается, что она не смошенничала. Начинается следующая партия.

— А что я вчера видела! — говорит Аня как бы про себя. — Филипп Филиппыч заворотил как-то веки, и у него сделались глаза красные, страшные, как у нечистого духа.

— Я тоже видел, — говорит Гриша. — Восемь! А у нас ученик умеет ушами двигать. Двадцать семь!

Андрей поднимает глаза на Гришу, думает и говорит:

— И я умею ушами шевелить...

— А ну-ка пошевели!

Андрей шевелит глазами, губами и пальцами, и ему кажется, что его уши приходят в движение. Всеобщий смех.

— Нехороший человек этот Филипп Филиппыч, — вздыхает Соня. — Вчера входит к нам в детскую, а я в одной сорочке... И мне стало так неприлично!

— Партия! — вскрикивает вдруг Гриша, хватая с блюдечка деньги. — У меня партия! Проверяйте, если хотите!

Кухаркин сын поднимает глаза и бледнеет.

— Мне, значит, уж больше нельзя играть, — шепчет он.

— Почему?

— Потому что... потому что у меня больше денег нет.

— Без денег нельзя! — говорит Гриша.

Андрей на всякий случай ещё раз роется в карманах. Не найдя в них ничего, кроме крошек и искусанного карандашика, он кривит рот и начинает страдальчески мигать глазами. Сейчас он заплачет...

— Я за тебя поставлю! — говорит Соня, не вынося его мученического взгляда. — Только смотри, отдашь после.

Деньги взносятся, и игра продолжается.

— Кажется, где-то звонят, — говорит Аня, делая большие глаза.

Все перестают играть и, раскрыв рты, глядят на тёмное окно. За темнотой мелькает отражение лампы.

— Это послышалось.

— Ночью только на кладбище звонят... — говорит Андрей.

— А зачем там звонят?

— Чтоб разбойники в церковь не забрались. Звона они боятся.

— А для чего разбойникам в церковь забираться? — спрашивает Соня.

— Известно для чего: сторожей поубивать!

Проходит минута в молчании. Все переглядываются, вздрагивают и продолжают игру. На этот раз выигрывает Андрей.

— Он смошенничал, — басит ни с того ни с сего Алёша.

— Врёшь, я не смошенничал!

Андрей бледнеет, кривит рот и хлоп Алёшу по голове! Алёша злобно таращит глаза, вскакивает, становится одним коленом на стол и, в свою очередь, — хлоп Андрея по щеке! Оба дают друг другу ещё по одной пощёчине и ревут. Соня, не выносящая таких ужасов, тоже начинает плакать, и столовая оглашается разноголосым рёвом. Но не думайте, что игра от этого кончилась. Не проходит и пяти минут, как дети опять хохочут и мирно беседуют. Лица заплаканы, но это не мешает им улыбаться. Алёша даже счастлив: недоразумение было!

В столовую входит Вася, ученик V класса. Вид у него заспанный, разочарованный.

«Это возмутительно! — думает он, глядя, как Гриша ощупывает карман, в котором звякают копейки. — Разве можно давать детям деньги? И разве можно позволять им играть в азартные игры? Хороша педагогия, нечего сказать. Возмутительно!»

Но дети играют так вкусно, что у него самого является охота присоседиться к ним и попытать счастья.

— Погодите, и я сяду играть, — говорит он.

— Ставь копейку!

— Сейчас, — говорит он, роясь в карманах. — У меня копейки нет, но вот есть рубль. Я ставлю рубль.

— Нет, нет, нет... копейку ставь!

— Дураки вы. Ведь рубль во всяком случае дороже копейки, — объясняет гимназист. — Кто выиграет, тот мне сдачи сдаст.

— Нет, пожалуйста! Уходи!

Ученик V класса пожимает плечами и идёт в кухню взять у прислуги мелочи. В кухне не оказывается ни копейки.

— В таком случае разменяй мне, — пристаёт он к Грише, придя из кухни. — Я тебе промен заплачу. Не хочешь? Ну продай мне за рубль десять копеек.

Гриша подозрительно косится на Васю: не подвох ли это какой-нибудь, не жульничество ли?

— Не хочу, — говорит он, держась за карман.

Вася начинает выходить из себя, бранится, называя игроков болванами и чугунными мозгами.

— Вася, да я за тебя поставлю! — говорит Соня. — Садись!

Гимназист садится и кладёт перед собой две карты. Аня начинает читать числа.

— Копейку уронил! — заявляет вдруг Гриша взволнованным голосом. — Постойте!

Снимают лампу и лезут под стол искать копейку. Хватают руками плевки, ореховую скорлупу, стукаются головами, но копейки не находят. Начинают искать снова и ищут до тех пор, пока Вася не вырывает из рук Гриши лампу и не ставит её на место. Гриша продолжает искать в потёмках.

Но вот наконец копейка найдена. Игроки садятся за стол и хотят продолжать игру.

– Соня спит! – заявляет Алёша.

Соня, положив кудрявую голову на руки, спит сладко, безмятежно и крепко, словно она уснула час тому назад. Уснула она нечаянно, пока другие искали копейку.

– Поди, на мамину постель ложись! – говорит Аня, уводя её из столовой. – Иди!

Её ведут все гурьбой, и через какие-нибудь пять минут мамина постель представляет собой любопытное зрелище. Спит Соня. Возле неё похрапывает Алёша. Положив на их ноги голову, спят Гриша и Аня. Тут же, кстати, заодно примостился и кухаркин сын Андрей. Возле них валяются копейки, потерявшие свою силу впредь до новой игры. Спокойной ночи!

КАШТАНКА

Глава первая
ДУРНОЕ ПОВЕДЕНИЕ

Молодая рыжая собака – помесь такса с дворняжкой, – очень похожая мордой на лисицу, бегала взад и вперёд по тротуару и беспокойно оглядывалась по сторонам. Изредка она останавливалась и, плача, приподнимая то одну озябшую лапу, то другую, старалась дать себе отчёт: как это могло случиться, что она заблудилась?

Она отлично помнила, как она провела день и как в конце концов попала на этот незнакомый тротуар.

День начался с того, что её хозяин, столяр Лука Александрыч, надел шапку, взял под мышку какую-то деревянную штуку, завёрнутую в красный платок, и крикнул:

– Каштанка, пойдём!

Услыхав своё имя, помесь такса с дворняжкой вышла из-под верстака, где она спала на стружках, сладко потянулась и побежала за хозяином. Заказчики Луки Александрыча жили ужасно далеко, так что, прежде чем дойти до каждого из них, столяр должен был по нескольку раз заходить в трактир и подкрепляться. Каштанка помнила, что по дороге она вела себя крайне неприлично. От радости, что её взяли гулять, она прыгала, бросалась с лаем на вагоны конножелезки, забегала во дворы и гонялась за собаками. Столяр то и дело терял её из виду, останавливался и сердито кричал на неё. Раз даже он с выражением алчности на лице забрал в кулак её лисье ухо, потрепал и проговорил с расстановкой:

– Чтоб... ты... из... дох... ла, холера!

Побывав у заказчиков, Лука Александрыч зашёл на минутку к сестре, у которой пил и закусывал; от сестры пошёл он к знакомому переплётчику, от переплётчика в трактир, из трактира к куму и т.д. Одним словом, когда Каштанка попала на незнакомый тротуар, то уже вечерело и столяр был пьян, как сапожник. Он размахивал руками и, глубоко вздыхая, бормотал:

– Во гресех роди мя мати во утробе моей! Ох, грехи, грехи! Теперь вот мы по улице идём и на фонарики глядим, а как помрём – в гиене огненной гореть будем...

Или же он впадал в добродушный тон, подзывал к себе Каштанку и говорил ей:

– Ты, Каштанка, насекомое существо и больше ничего. Супротив человека ты всё равно, что плотник супротив столяра...

Когда он разговаривал с ней таким образом, вдруг загремела музыка. Каштанка оглянулась и увидела, что по улице прямо на неё шёл полк солдат.

Не вынося музыки, которая расстраивала ей нервы, она заметалась и завыла.

К великому её удивлению, столяр, вместо того чтобы испугаться, завизжать и залаять, широко улыбнулся, вытянулся во фрунт и всей пятернёй сделал под козырёк. Видя, что хозяин не протестует, Каштанка ещё громче завыла и, не помня себя, бросилась через дорогу на другой тротуар.

Когда она опомнилась, музыка уже не играла и полка не было. Она перебежала дорогу к тому месту, где оставила хозяина, но, увы! столяра уже там не было. Она бросилась вперёд, потом назад, ещё раз перебежала дорогу, но столяр точно сквозь землю провалился... Каштанка стала обнюхивать тротуар, надеясь найти хозяина по запаху его следов, но раньше какой-то негодяй прошёл в новых резиновых калошах, и теперь все тонкие запахи мешались с острою каучуковою вонью, так что ничего нельзя было разобрать.

Каштанка бегала взад и вперёд и не находила хозяина, а между тем становилось темно. По обе стороны улицы зажглись фонари, и в окнах домов показались огни. Шёл крупный, пушистый снег и красил в белое мостовую, лошадиные спины, шапки извозчиков, и чем больше темнел воздух, тем белее становились предметы.

Мимо Каштанки, заслоняя ей поле зрения и толкая её ногами, безостановочно взад и вперёд проходили незнакомые заказчики. (Всё человечество Каштанка делила на две очень неравные части: на хозяев и на заказчиков; между теми и другими была существенная разница: первые имели право бить её, а вторых она сама имела право хватать за икры.)

Заказчики куда-то спешили и не обращали на неё никакого внимания.

Когда стало совсем темно, Каштанкою овладели отчаяние и ужас. Она прижалась к какому-то подъезду и стала горько плакать. Целодневное путешествие с Лукой Александрычем утомило её, уши и лапы её озябли, и к тому же ещё она была ужасно голодна.

За весь день ей приходилось жевать только два раза: покушала у переплётчика немножко клейстеру да в одном из трактиров около прилавка нашла колбасную кожицу – вот и всё.

Если бы она была человеком, то, наверное, подумала бы: «Нет, так жить невозможно! Нужно застрелиться!»

Глава вторая
ТАИНСТВЕННЫЙ НЕЗНАКОМЕЦ

Но она ни о чём не думала и только плакала. Когда мягкий пушистый снег совсем облепил её спину и голову и она от изнеможения погрузилась в тяжёлую дремоту, вдруг подъездная дверь щёлкнула, запищала и ударила её по боку. Она вскочила. Из отворённой двери вышел какой-то человек, принадлежащий к разряду заказчиков. Так как Каштанка взвизгнула и попала ему под ноги, то он не мог не обратить на неё внимания.

Он нагнулся к ней и спросил:

– Псина, ты откуда? Я тебя ушиб? О, бедная, бедная... Ну, не сердись, не сердись... Виноват.

Каштанка поглядела на незнакомца сквозь снежинки, нависшие на ресницы, и увидела перед собой коротенького и толстенького человечка с бритым пухлым лицом, в цилиндре и в шубе нараспашку.

– Что же ты скулишь? – продолжал он, сбивая пальцем с её спины снег. – Где твой хозяин? Должно быть, ты потерялась? Ах, бедный пёсик! Что же мы теперь будем делать?

Уловив в голосе незнакомца тёплую, душевную нотку, Каштанка лизнула ему руку и заскулила ещё жалостнее.

– А ты хорошая, смешная! – сказал незнакомец. – Совсем лисица! Ну, что ж, делать нечего, пойдём со мной! Может быть, ты и сгодишься на что-нибудь... Ну, фюйть!

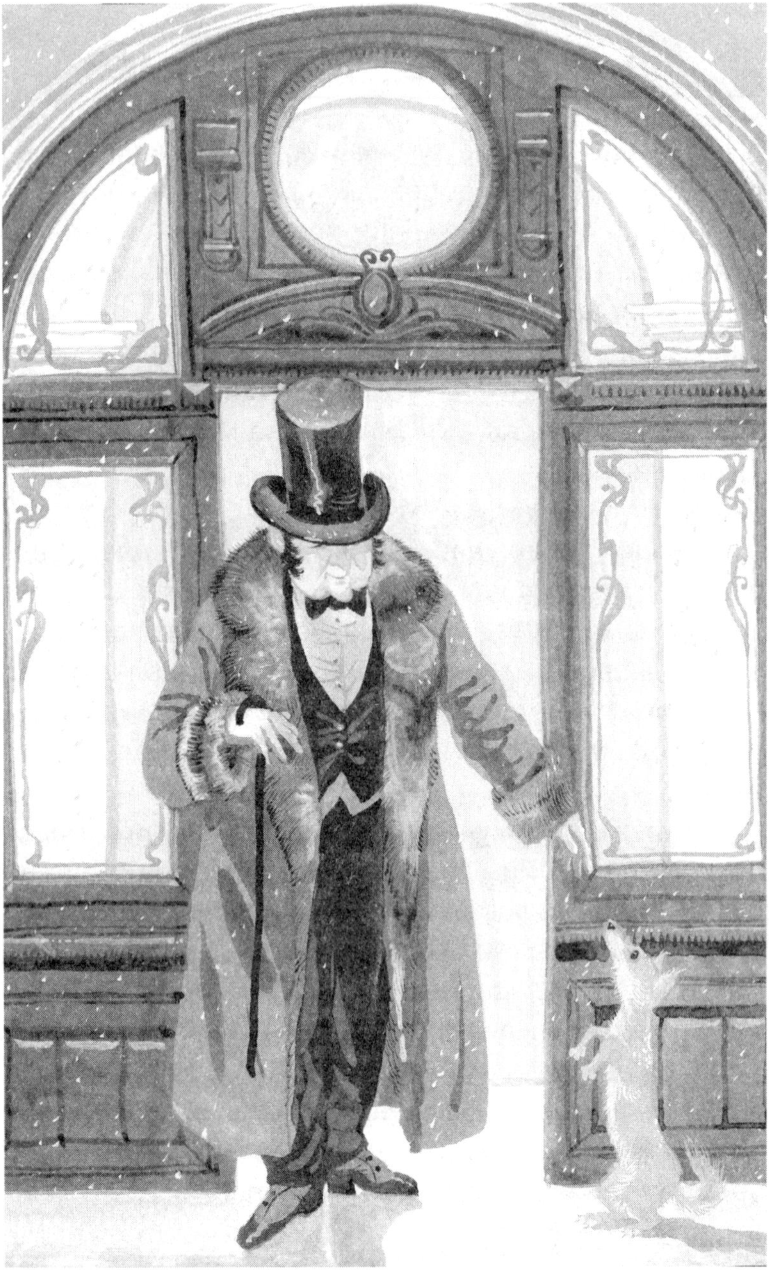

Он чмокнул губами и сделал Каштанке знак рукой, который мог означать только одно: «Пойдём!» Каштанка пошла.

Не больше как через полчаса она уже сидела на полу в большой, светлой комнате и, склонив голову набок, с умилением и с любопытством глядела на незнакомца, который сидел за столом и обедал. Он ел и бросал ей кусочки...

Сначала он дал ей хлеба и зелёную корочку сыра, потом кусочек мяса, полпирожка, куриных костей, и она с голодухи всё это съела так быстро, что не успела разобрать вкуса. И чем больше она ела, тем сильнее чувствовался голод.

– Однако, плохо же кормят тебя твои хозяева! – говорил незнакомец, глядя, с какою свирепою жадностью она глотала неразжёванные куски. – И какая ты тощая! Кожа да кости...

Каштанка съела много, но не наелась, а только опьянела от еды. После обеда она разлеглась среди комнаты, протянула ноги и, чувствуя во всём теле приятную истому, завиляла хвостом. Пока её новый хозяин, развалившись в кресле, курил сигару, она виляла хвостом и решала вопрос: где лучше – у незнакомца или у столяра? У незнакомца обстановка бедная и некрасивая; кроме кресел, дивана, лампы и ковров, у него нет ничего, и комната кажется пустою; у столяра же вся квартира битком набита вещами; у него есть стол, верстак, куча стружек, рубанки, стамески, пилы, клетка с чижиком, лохань... У незнакомца не пахнет ничем, у столяра же в квартире всегда стоит туман и великолепно пахнет клеем, лаком и стружками. Зато у незнакомца есть одно очень важное преимущество – он даёт много есть и, надо отдать ему полную справедливость, когда Каштанка сидела перед столом и умильно глядела на него, он ни разу не ударил её, не затопал ногами и ни разу не крикнул: «По-ошла вон, треклятая!»

Выкурив сигару, новый хозяин вышел и через минуту вернулся, держа в руках маленький матрасик.

– Эй, ты, пёс, поди сюда! – сказал он, кладя матрасик в углу около дивана. – Ложись здесь. Спи!

Затем он потушил лампу и вышел. Каштанка разлеглась на матрасике и закрыла глаза; с улицы послышался лай, и она хотела ответить на него, но вдруг неожиданно ею овладела грусть.

Она вспомнила Луку Александрыча, его сына Федюшку, уютное местечко под верстаком... Вспомнила она, что в длинные зимние вечера, когда столяр строгал или читал вслух газету, Федюшка обыкновенно играл с нею... Он вытаскивал её за задние лапы из-под верстака и выделывал с нею такие фокусы, что у неё зеленело в глазах и болело во всех суставах. Он заставлял её ходить на задних лапах, изображал из неё колокол, то есть сильно дёргал её за хвост, отчего она визжала и лаяла, давал ей нюхать табаку... Особенно мучителен был следующий фокус: Федюшка привязывал на ниточку кусочек мяса и давал его Каштанке, потом же, когда она проглатывала, он с громким смехом вытаскивал его обратно из её желудка. И чем ярче были воспоминания, тем громче и тоскливее скулила Каштанка.

Но скоро утомление и теплота взяли верх над грустью... Она стала засыпать. В её воображении забегали собаки; пробежал, между прочим, и мохнатый старый пудель, которого она видела сегодня на улице, с бельмом на глазу и с клочьями шерсти около носа. Федюшка, с долотом в руке, погнался за пуделем, потом вдруг сам покрылся мохнатой шерстью, весело залаял и очутился около Каштанки. Каштанка и он добродушно понюхали друг другу носы и побежали на улицу...

Глава третья

НОВОЕ, ОЧЕНЬ ПРИЯТНОЕ ЗНАКОМСТВО

Когда Каштанка проснулась, было уже светло и с улицы доносился шум, какой бывает только днём. В комнате не было ни души. Каштанка потянулась, зевнула и, сердитая, угрюмая, прошлась по комнате. Она обнюхала углы и мебель, заглянула в переднюю и не нашла ничего интересного. Кроме двери, которая вела в переднюю, была ещё одна дверь. Подумав, Каштанка поцарапала её обеими лапами, отворила и вошла в следующую комнату. Тут на кровати, укрывшись байковым одеялом, спал заказчик, в котором она узнала вчерашнего незнакомца.

— Рррр... — заворчала она, но, вспомнив про вчерашний обед, завиляла хвостом и стала нюхать.

Она понюхала одежду и сапоги незнакомца и нашла, что они очень пахнут лошадью. Из спальни вела куда-то ещё одна дверь, тоже затворенная.

Каштанка поцарапала эту дверь, налегла на неё грудью, отворила и тотчас же почувствовала странный, очень подозрительный запах. Предчувствуя неприятную встречу, ворча и оглядываясь, Каштанка вошла в маленькую комнатку с грязными обоями и в страхе попятилась назад. Она увидела нечто неожиданное и страшное. Пригнув к земле шею и голову, растопырив крылья и шипя, прямо на неё шёл серый гусь. Несколько в стороне от него, на матрасике, лежал белый кот; увидев Каштанку, он вскочил, выгнул спину в дугу, задрал хвост, взъерошил шерсть и тоже зашипел. Собака испугалась не на шутку, но, не желая выдавать своего страха, громко залаяла и бросилась к коту... Кот ещё сильнее выгнул спину, зашипел и ударил Каштанку лапой по голове. Каштанка отскочила, присела на все четыре лапы и, протягивая к коту морду, залилась громким, визгливым лаем; в это время гусь подошёл сзади и больно долбанул её клювом в спину. Каштанка вскочила и бросилась на гуся...

— Это что такое? — послышался громкий, сердитый голос, и в комнату вошёл незнакомец в халате и с сигарой в зубах. — Что это значит? На место!

Он подошёл к коту, щёлкнул его по выгнутой спине и сказал:

— Фёдор Тимофеич, это что значит? Драку подняли? Ах ты, старая каналья! Ложись!

И, обратившись к гусю, он крикнул:

— Иван Иваныч, на место!

Кот покорно лёг на свой матрасик и закрыл глаза. Судя по выражению его морды и усов, он сам был недоволен, что погорячился и вступил в драку.

Каштанка обиженно заскулила, а гусь вытянул шею и заговорил о чём-то быстро, горячо и отчётливо, но крайне непонятно.

— Ладно, ладно! — сказал хозяин, зевая. — Надо жить мирно и дружно. — Он погладил Каштанку и продолжал: — А ты, рыжик, не бойся... Это хорошая публика, не обидит. Постой, как же мы тебя звать будем? Без имени нельзя, брат.

Незнакомец подумал и сказал:

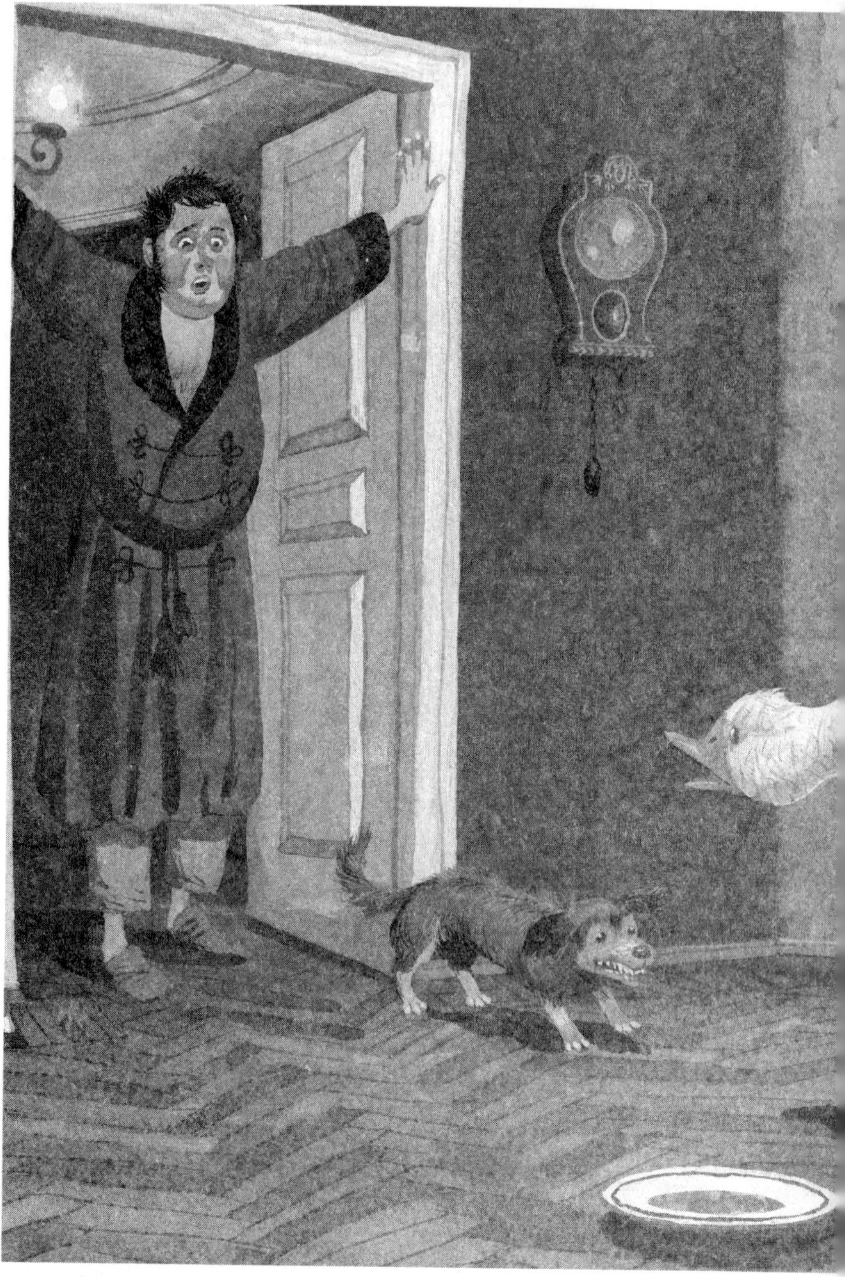

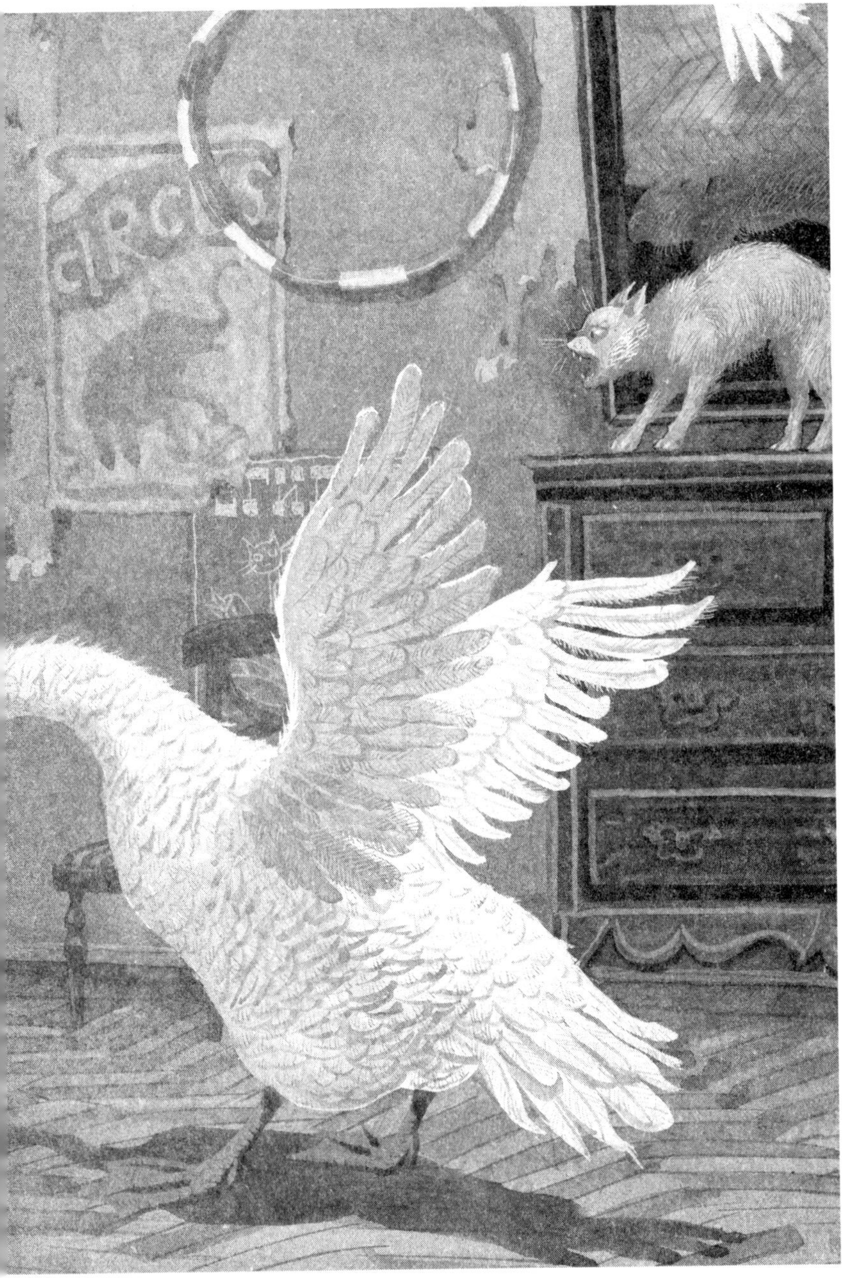

— Вот что... Ты будешь — Тётка... Понимаешь? Тётка!

И, повторив несколько раз слово «Тётка», он вышел.

Каштанка села и стала наблюдать. Кот неподвижно сидел на матрасике и делал вид, что спит. Гусь, вытягивая шею и топчась на одном месте, продолжал говорить о чём-то быстро и горячо. По-видимому, это был очень умный гусь; после каждой длинной тирады он всякий раз удивлённо пятился назад и делал вид, что восхищается своею речью... Послушав его и ответив ему «рррр...», Каштанка принялась обнюхивать углы. В одном из углов стояло маленькое корытце, в котором она увидела мочёный горох и размокшие ржаные корки. Она попробовала горох — невкусно, попробовала корки — и стала есть. Гусь нисколько не обиделся, что незнакомая собака поедает его корм, а, напротив, заговорил ещё горячее и, чтобы показать своё доверие, сам подошёл к корытцу и съел несколько горошинок.

Глава четвёртая

ЧУДЕСА В РЕШЕТЕ

Немного погодя опять вошёл незнакомец и принёс с собой какую-то странную вещь, похожую на ворота и на букву «П». На перекладине этого деревянного, грубо сколоченного «П» висел колокол и был привязан пистолет; от языка колокола и от курка пистолета тянулись верёвочки. Незнакомец поставил «П» посреди комнаты, долго что-то развязывал и завязывал, потом посмотрел на гуся и сказал:

— Иван Иваныч, пожалуйте!

Гусь подошёл к нему и остановился в ожидательной позе.

— Ну-с, — сказал незнакомец, — начнём с самого начала. Прежде всего поклонись и сделай реверанс! Живо!

Иван Иваныч вытянул шею, закивал во все стороны и шаркнул лапкой.

— Так, молодец... Теперь умри!

Гусь лёг на спину и задрал вверх лапы. Проделав ещё несколько подобных неважных фокусов, незнакомец вдруг схватил себя за голову, изобразил на своём лице ужас и закричал:

— Караул! Пожар! Горим!

Иван Иваныч подбежал к «П», взял в клюв верёвку и зазвонил в колокол.

Незнакомец остался очень доволен. Он погладил гуся по шее и сказал:

— Молодец, Иван Иваныч! Теперь представь, что ты ювелир и торгуешь золотом и брильянтами. Представь теперь, что ты приходишь к себе в магазин и застаёшь в нём воров. Как бы ты поступил в данном случае?

Гусь взял в клюв другую верёвочку и потянул, отчего тотчас же раздался оглушительный выстрел. Каштанке очень понравился звон, а от выстрела она пришла в такой восторг, что забегала вокруг «П» и залаяла.

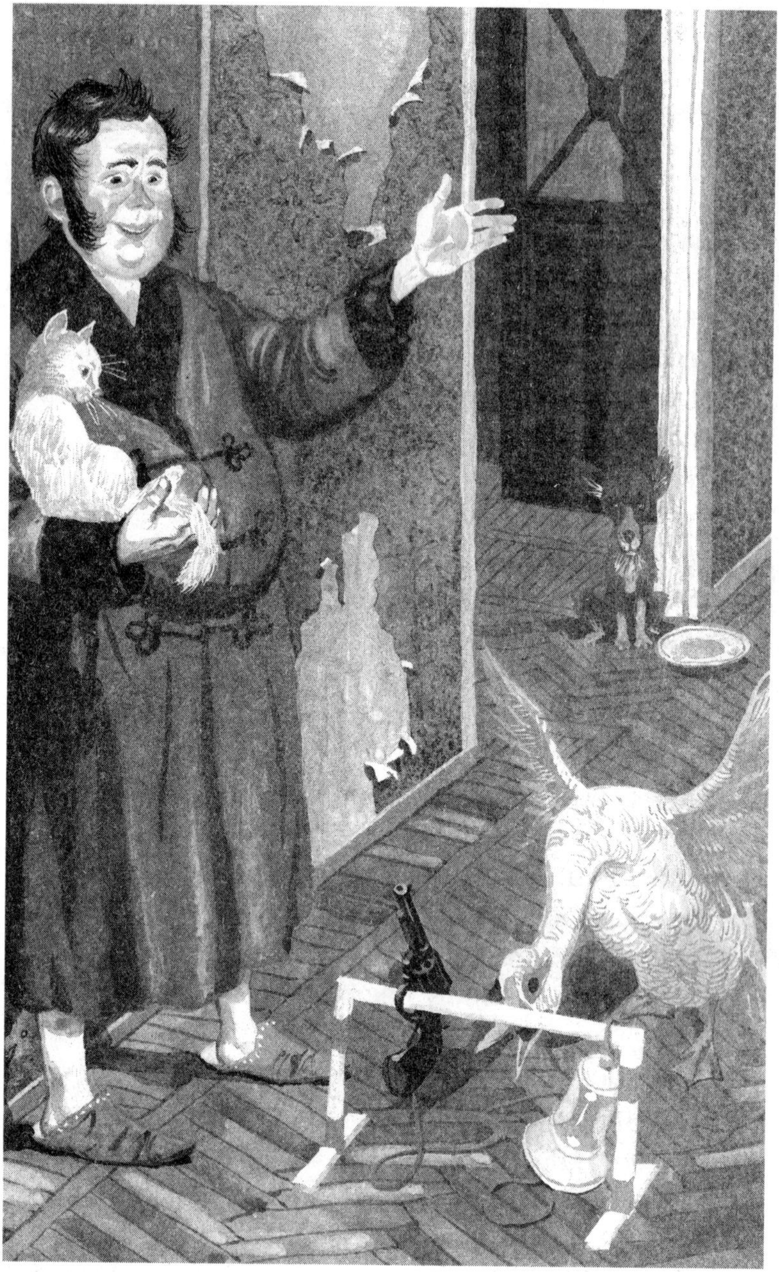

— Тётка, на место! — крикнул ей незнакомец. — Молчать!

Работа Ивана Иваныча не кончилась стрельбой. Целый час потом незнакомец гонял его вокруг себя на корде и хлопал бичом, причём гусь должен был прыгать через барьер и сквозь обруч, становиться на дыбы, то есть садиться на хвост и махать лапками. Каштанка не отрывала глаз от Ивана Иваныча, завывала от восторга и несколько раз принималась бегать за ним со звонким лаем. Утомив гуся и себя, незнакомец вытер со лба пот и крикнул:

— Марья, позови-ка сюда Хавронью Ивановну!

Через минуту послышалось хрюканье... Каштанка заворчала, приняла очень храбрый вид и на всякий случай подошла поближе к незнакомцу. Отворилась дверь, в комнату поглядела какая-то старуха и, сказав что-то, впустила чёрную, очень некрасивую свинью. Не обращая никакого внимания на ворчанье Каштанки, свинья подняла вверх свой пятачок и весело захрюкала.

По-видимому, ей было очень приятно видеть своего хозяина, кота и Ивана Иваныча. Когда она подошла к коту и слегка толкнула его под живот своим пятачком и потом о чём-то заговорила с гусём, в её движениях, в голосе и в дрожании хвостика чувствовалось много добродушия. Каштанка сразу поняла, что ворчать и лаять на таких субъектов — бесполезно.

Хозяин убрал «П» и крикнул:

— Фёдор Тимофеич, пожалуйте!

Кот поднялся, лениво потянулся и нехотя, точно делая одолжение, подошёл к свинье.

– Ну-с, начнём с египетской пирамиды, – начал хозяин.

Он долго объяснял что-то, потом скомандовал: «Раз... два... три!» Иван Иваныч при слове «три» взмахнул крыльями и вскочил на спину свиньи... Когда он, балансируя крыльями и шеей, укрепился на щетинистой спине, Фёдор Тимофеич вяло и лениво, с явным пренебрежением и с таким видом, как будто он презирает и ставит ни в грош своё искусство, полез на спину свиньи, потом нехотя взобрался на гуся и стал на задние лапы. Получилось то, что незнакомец называл «египетской пирамидой». Каштанка взвизгнула от восторга, но в это время старик кот зевнул и, потеряв равновесие, свалился с гуся. Иван Иваныч пошатнулся и тоже свалился. Незнакомец закричал, замахал руками и стал опять что-то объяснять. Провозившись целый час с пирамидой, неутомимый хозяин принялся учить Ивана Иваныча ездить верхом на коте, потом стал учить кота курить и т. п.

Ученье кончилось тем, что незнакомец вытер со лба пот и вышел. Фёдор Тимофеич брезгливо фыркнул, лёг на матрасик и закрыл глаза, Иван Иваныч направился к корытцу, а свинья была уведена старухой. Благодаря массе новых впечатлений день прошёл для Каштанки незаметно, а вечером она со своим матрасиком была уже водворена в комнатку с грязными обоями и ночевала в обществе Фёдора Тимофеича и гуся.

Глава пятая
ТАЛАНТ! ТАЛАНТ!

Прошёл месяц.

Каштанка уже привыкла к тому, что её каждый вечер кормили вкусным обедом и звали Тёткой. Привыкла она и к незнакомцу, и к своим новым сожителям. Жизнь потекла как по маслу.

Все дни начинались одинаково. Обыкновенно раньше всех просыпался Иван Иваныч и тотчас же подходил к Тётке или к коту, выгибал шею и начинал говорить о чём-то горячо и убедительно, но по-прежнему непонятно. Иной раз он поднимал вверх голову и произносил длинные монологи. В первые дни знакомства Каштанка думала, что он говорит много потому, что очень умён, но прошло немного времени, и она потеряла к нему всякое уважение; когда он подходил к ней со своими длинными речами, она уж не виляла хвостом, а третировала его, как надоедливого болтуна, который не даёт никому спать, и без всякой церемонии отвечала ему: «рррр»...

Фёдор же Тимофеич был иного рода господин. Этот, проснувшись, не издавал никакого звука, не шевелился и даже не открывал глаз. Он охотно бы не просыпался, потому что, как видно было, он недолюбливал жизни. Ничто его не интересовало, ко всему он относился вяло и небрежно, всё презирал и даже, поедая свой вкусный обед, брезгливо фыркал.

Проснувшись, Каштанка начинала ходить по комнатам и обнюхивать углы.

Только ей и коту позволялось ходить по всей квартире; гусь же не имел права переступать порог комнатки с грязными обоями, а Хавронья Ивановна жила где-то на дворе в сарайчике и появлялась только во время ученья. Хозяин просыпался поздно и, напившись чаю, тотчас же принимался за свои фокусы. Каждый день в комнатку вносились «П», бич, обручи, и каждый день проделывалось почти одно и то же. Ученье продолжалось часа три-четыре, так что иной раз Фёдор Тимофеич от утомления пошатывался, как пьяный, Иван Иваныч раскрывал клюв и тяжело дышал, а хозяин становился красным и никак не мог стереть со лба пот.

Ученье и обед делали дни очень интересными, вечера же проходили скучновато. Обыкновенно вечерами хозяин уезжал куда-то и увозил с собою гуся и кота. Оставшись одна, Тётка ложилась на матрасик и начинала грустить... Грусть подкрадывалась к ней как-то незаметно и овладевала ею постепенно, как потёмки комнатой. Начиналось с того, что у собаки пропадала всякая охота лаять, есть, бегать по комнатам и даже глядеть, затем в воображении её появлялись какие-то две неясные фигуры, не то собаки, не то люди, с физиономиями симпатичными, милыми, но непонятными; при появлении их Тётка виляла хвостом, и ей казалось, что она их где-то когда-то видела и любила... А засыпая, она всякий раз чувствовала, что от этих фигур пахнет клеем, стружками и лаком.

Когда она совсем уже свыклась с новой жизнью и из тощей, костлявой дворняжки обратилась в сытого, выхоленного пса, однажды перед ученьем хозяин погладил её и сказал:

— Пора нам, Тётка, делом заняться. Довольно тебе бить баклуши. Я хочу из тебя артистку сделать... Ты хочешь быть артисткой?

И он стал учить её разным наукам.

В первый урок она училась стоять и ходить на задних лапах, что ей ужасно нравилось. Во второй урок она должна была прыгать на задних лапах и хватать сахар, который высоко над её головой держал учитель. Затем в следующие уроки она плясала, бегала на корде, выла под музыку, звонила и стреляла, а через месяц могла с успехом заменять Фёдора

Тимофеича в «египетской пирамиде». Училась она очень охотно и была довольна своими успехами; беганье с высунутым языком на корде, прыганье в обруч и езда верхом на старом Фёдоре Тимофеиче доставляли ей величайшее наслаждение. Всякий удавшийся фокус она сопровождала звонким, восторженным лаем, а учитель удивлялся, приходил тоже в восторг и потирал руки.

– Талант! Талант! – говорил он. – Несомненный талант! Ты положительно будешь иметь успех!

И Тётка так привыкла к слову «талант», что всякий раз, когда хозяин произносил его, вскакивала и оглядывалась, как будто оно было её кличкой.

Глава шестая
БЕСПОКОЙНАЯ НОЧЬ

Тётке приснился собачий сон, будто за нею гонится дворник с метлой, и она проснулась от страха.

В комнате было тихо, темно и очень душно. Кусались блохи. Тётка раньше никогда не боялась потёмок, но теперь почему-то ей стало жутко и захотелось лаять. В соседней комнате громко вздохнул хозяин, потом, немного погодя, в своём сарайчике хрюкнула свинья, и опять всё смолкло.

Когда думаешь о еде, то на душе становится легче, и Тётка стала думать о том, как она сегодня украла у Фёдора Тимофеича куриную лапку и спрятала её в гостиной между шкапом и стеной, где очень много паутины и пыли. Не мешало бы теперь пойти и посмотреть: цела эта лапка или нет? Очень может быть, что хозяин нашёл её и скушал. Но раньше утра нельзя выходить из комнатки – такое правило.

Тётка закрыла глаза, чтобы поскорее уснуть, так как она знала по опыту, что чем скорее уснёшь, тем скорее наступит утро.

Но вдруг недалеко от неё раздался странный крик, который заставил её вздрогнуть и вскочить на все четыре лапы. Это крикнул Иван Иваныч, и крик его был не болтливый и убедительный, как обыкновенно, а какой-то дикий, пронзительный и неестественный, похожий на скрип отворяемых ворот. Ничего не разглядев в потёмках и не поняв, Тётка почувствовала ещё больший страх и проворчала:

– Рррр...

Прошло немного времени, сколько его требуется на то, чтобы обглодать хорошую кость; крик не повторялся.

Тётка мало-помалу успокоилась и задремала. Ей приснились две большие чёрные собаки с клочьями прошлогодней шерсти на бёдрах и на боках; они из большой лохани с жадностью ели помои, от которых шёл белый пар и очень вкусный запах; изредка они оглядывались на Тётку, скалили зубы и ворчали: «А тебе мы не дадим!» Но из дому выбежал мужик в шубе и прогнал их кнутом; тогда Тётка подошла к лохани и стала кушать, но, как только мужик ушёл за ворота, обе чёрные собаки с рёвом бросились на неё, и вдруг опять раздался пронзительный крик.

– К-ге! К-ге-ге! – крикнул Иван Иваныч.

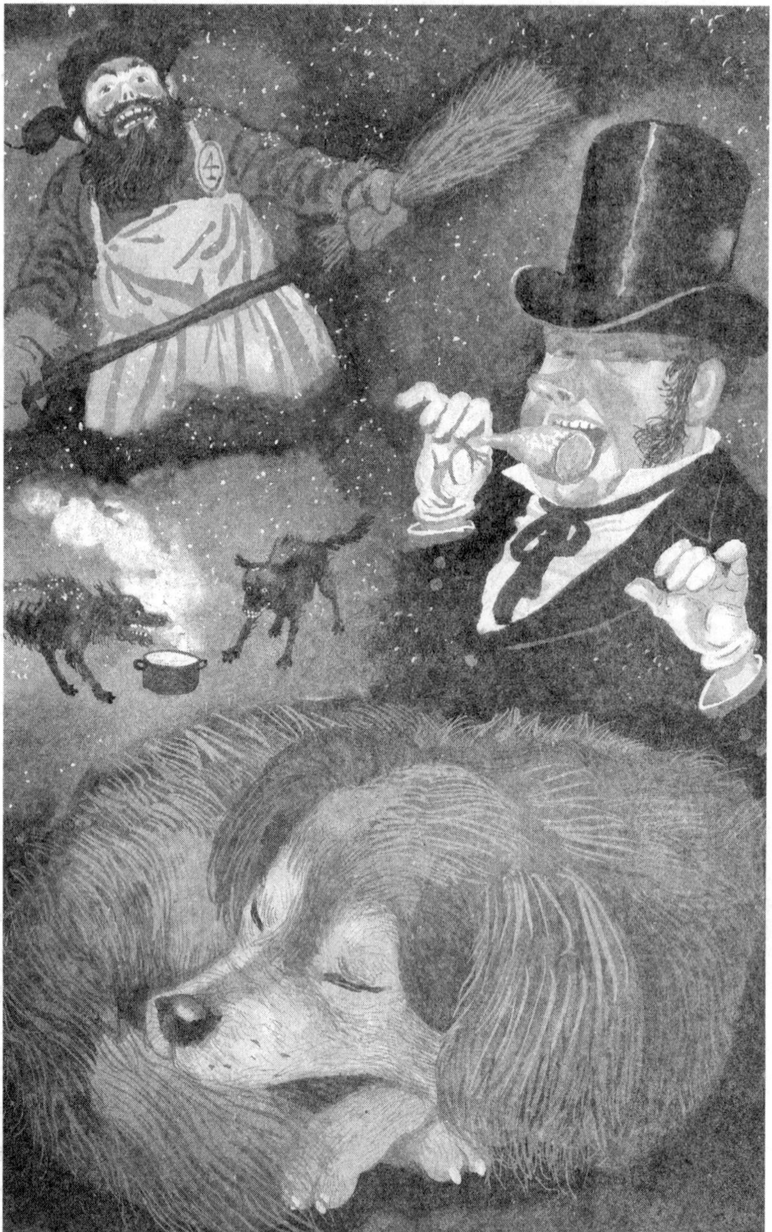

Тётка проснулась, вскочила и, не сходя с матрасика, залилась воющим лаем. Ей уже казалось, что кричит не Иван Иваныч, а кто-то другой, посторонний. И почему-то в сарайчике опять хрюкнула свинья.

Но вот послышалось шарканье туфель, и в комнатку вошёл хозяин в халате и со свечой. Мелькающий свет запрыгал по грязным обоям и по потолку и прогнал потёмки. Тётка увидела, что в комнатке нет никого постороннего.

Иван Иваныч сидел на полу и не спал. Крылья у него были растопырены и клюв раскрыт, и вообще он имел такой вид, как будто очень утомился и хотел пить.

Старый Фёдор Тимофеич тоже не спал. Должно быть, и он был разбужен криком.

— Иван Иваныч, что с тобой? — спросил хозяин у гуся. — Что ты кричишь? Ты болен?

Гусь молчал. Хозяин потрогал его за шею, погладил по спине и сказал:

— Ты чудак. И сам не спишь, и другим не даёшь.

Когда хозяин вышел и унёс с собою свет, опять наступили потёмки.

Тётке было страшно. Гусь не кричал, но ей опять стало чудиться, что в потёмках стоит кто-то чужой. Страшнее всего было то, что этого чужого нельзя было укусить, так как он был невидим и не имел формы. И почему-то она думала, что в эту ночь должно непременно произойти что-то очень худое. Фёдор Тимофеич тоже был непокоен. Тётка слышала, как он возился на своём матрасике, зевал и встряхивал головой.

Где-то на улице застучали в ворота, и в сарайчике хрюкнула свинья.

Тётка заскулила, протянула передние лапы и положила на них голову. В стуке ворот, в хрюканье не спавшей почему-то свиньи, в потёмках и в тишине почудилось ей что-то такое же тоскливое и страшное, как в крике Ивана Иваныча. Всё было в тревоге и в беспокойстве, но отчего? Кто этот чужой, которого не было видно? Вот около Тётки на мгновение вспыхнули две тусклые зелёные искорки. Это в первый раз за всё время знакомства подошёл к ней Фёдор Тимофеич.

Что ему нужно было? Тётка лизнула ему лапу и, не спрашивая, зачем он пришёл, завыла тихо и на разные голоса.

— К-ге! — крикнул Иван Иваныч. — К-ге-ге!

Опять отворилась дверь, и вошёл хозяин со свечой. Гусь сидел в прежней позе, с разинутым клювом и растопырив крылья.

Глаза у него были закрыты.

— Иван Иваныч! — позвал хозяин.

Гусь не шевельнулся. Хозяин сел перед ним на полу, минуту глядел на него молча и сказал:

— Иван Иваныч! Что же это такое? Умираешь ты, что ли? Ах, я теперь вспомнил, вспомнил! — вскрикнул он и схватил себя за голову. — Я знаю, отчего это! Это оттого, что сегодня на тебя наступила лошадь! Боже мой, боже мой!

Тётка не понимала, что говорит хозяин, но по его лицу видела, что и он ждёт чего-то ужасного. Она протянула морду к тёмному окну, в которое, как казалось ей, глядел кто-то чужой, и завыла.

— Он умирает, Тётка! — сказал хозяин и всплеснул руками. — Да, да, умирает! К вам в комнату пришла смерть. Что нам делать?

Бледный, встревоженный хозяин, вздыхая и покачивая головой, вернулся к себе в спальню. Тётке жутко было оставаться в потёмках, и она пошла за ним. Он сел на кровать и несколько раз повторил:

— Боже мой, что же делать?

Тётка ходила около его ног и, не понимая, отчего это у неё такая тоска и отчего все так беспокоятся, и стараясь понять, следила за каждым его движением. Фёдор Тимофеич, редко покидавший свой матрасик, тоже вошёл в спальню хозяина и стал тереться около его ног. Он встряхивал головой, как будто хотел вытряхнуть из неё тяжёлые мысли, и подозрительно заглядывал под кровать.

Хозяин взял блюдечко, налил в него из рукомойника воды и опять пошёл к гусю.

— Пей, Иван Иваныч! — сказал он нежно, ставя перед ним блюдечко. — Пей, голубчик.

Но Иван Иваныч не шевелился и не открывал глаз. Хозяин пригнул его голову к блюдечку и окунул клюв в воду, но гусь не пил, ещё шире растопырил крылья, и голова его так и осталась лежать в блюдечке.

— Нет, ничего уже нельзя сделать! — вздохнул хозяин. — Всё кончено. Пропал Иван Иваныч!

И по его щекам поползли вниз блестящие капельки, какие бывают на окнах во время дождя. Не понимая, в чём дело, Тётка и Фёдор Тимофеич жались к нему и с ужасом смотрели на гуся.

— Бедный Иван Иваныч! — говорил хозяин, печально вздыхая. — А я-то мечтал, что весной повезу тебя на дачу и буду гулять с тобой по зелёной травке. Милое животное, хороший мой товарищ, тебя уже нет! Как же я теперь буду обходиться без тебя?

Тётке казалось, что и с нею случится то же самое, то есть что и она тоже вот так, неизвестно отчего, закроет глаза, протянет лапы, оскалит рот и все на неё будут смотреть с ужасом.

По-видимому, такие же мысли бродили и в голове Фёдора Тимофеича. Никогда раньше старый кот не был так угрюм и мрачен, как теперь.

Начинался рассвет, и в комнатке уже не было того невидимого чужого, который пугал так Тётку. Когда совсем рассвело, пришёл дворник, взял гуся за лапы и унёс его куда-то. А немного погодя явилась старуха и вынесла корытце.

Тётка пошла в гостиную и посмотрела за шкап: хозяин не скушал куриной лапки, она лежала на своём месте, в пыли и паутине. Но Тётке было скучно, грустно и хотелось плакать. Она даже не понюхала лапки, а пошла под диван, села там и начала скулить тихо, тонким голоском:

– Ску-ску-ску...

Глава седьмая
НЕУДАЧНЫЙ ДЕБЮТ

В один прекрасный вечер хозяин вошёл в комнатку с грязными обоями и, потирая руки, сказал:

– Ну-с...

Что-то он хотел ещё сказать, но не сказал и вышел. Тётка, отлично изучившая во время уроков его лицо и интонацию, догадалась, что он был взволнован, озабочен и, кажется, сердит. Немного погодя он вернулся и сказал:

– Сегодня я возьму с собой Тётку и Фёдора Тимофеича. В «египетской пирамиде» ты, Тётка, заменишь сегодня покойного Ивана Иваныча. Чёрт знает что! Ничего не готово, не выучено, репетиций было мало! Осрамимся, провалимся!

Затем он опять вышел и через минуту вернулся в шубе и в цилиндре. Подойдя к коту, он взял его за передние лапы, поднял и спрятал его на груди под шубу, причём Фёдор Тимофеич казался очень равнодушным и даже не потрудился открыть глаз. Для него, по-видимому, было решительно всё равно: лежать ли, или быть поднятым за ноги, валяться ли на матрасике, или покоиться на груди хозяина под шубой...

— Тётка, пойдём, — сказал хозяин.

Ничего не понимая и виляя хвостом, Тётка пошла за ним. Через минуту она уже сидела в санях около ног хозяина и слушала, как он, пожимаясь от холода и волнения, бормотал:

— Осрамимся! Провалимся!

Сани остановились около большого странного дома, похожего на опрокинутый супник. Длинный подъезд этого дома с тремя стеклянными дверями был освещён дюжиной ярких фонарей. Двери со звоном отворялись и, как рты, глотали людей, которые сновали у подъезда. Людей было много, часто к подъезду подбегали и лошади, но собак не было видно.

Хозяин взял на руки Тётку и сунул её на грудь, под шубу, где находился Фёдор Тимофеич. Тут было темно и душно, но тепло. На мгновение вспыхнули две тусклые зелёные искорки — это открыл глаза кот, обеспокоенный холодными, жёсткими лапами соседки. Тётка лизнула его ухо и, желая усесться возможно удобнее, беспокойно задвигалась, смяла его под себя холодными лапами и нечаянно высунула из-под шубы голову, но тотчас же сердито заворчала и нырнула под шубу. Ей показалось, что она увидела громадную, плохо освещённую комнату, полную чудовищ; из-за перегородок и решёток, которые тянулись по обе стороны комнаты, выглядывали страшные рожи: лошадиные, рогатые, длинноухие и какая-то одна толстая, громадная рожа с хвостом вместо носа и с двумя длинными обглоданными костями, торчащими изо рта.

Кот сипло замяукал под лапами Тётки, но в это время шуба распахнулась, хозяин сказал «гоп!», и Фёдор Тимофеич с Тёткою прыгнули на пол.

Они уже были в маленькой комнате с серыми дощатыми стенами; тут, кроме небольшого столика с зеркалом, табурета и тряпья, развешанного по углам, не было никакой другой мебели и, вместо лампы или свечи, горел яркий веерообразный огонёк, приделанный к тумбочке, вбитой в стену. Фёдор Тимофеич облизал свою шубу, помятую Тёткой, пошёл под табурет и лёг. Хозяин, всё ещё волнуясь и потирая руки, стал раздеваться... Он разделся так, как обыкновенно раздевался у себя дома, готовясь лечь под байковое одеяло, то есть снял всё, кроме белья, потом сел на табурет и, глядя в зеркало, начал выделывать над собой удивительные штуки. Прежде всего он надел на голову парик с пробором и с двумя вихрами, похожими на рога, потом густо намазал лицо чем-то белым и сверх белой краски нарисовал ещё брови, усы и румяна. Затеи его этим не кончились. Опачкавши лицо и шею, он стал облачаться в какой-то необыкновенный, ни с чем не сообразный костюм, какого Тётка никогда не видала раньше ни в домах, ни на улице. Представьте вы себе широчайшие панталоны, сшитые из ситца с крупными цветами, какой употребляется в мещанских домах для занавесок и обивки мебели, панталоны, которые застёгиваются у самых подмышек; одна панталона сшита из коричневого ситца, другая из светло-жёлтого. Утонувши в них, хозяин надел ещё ситцевую курточку с большим зубчатым воротником и с золотой звездой на спине, разноцветные чулки и зелёные башмаки...

У Тётки запестрило в глазах и в душе. От белолицей мешковатой фигуры пахло хозяином, голос у неё был тоже знакомый, хозяйский, но бывали минуты, когда Тётку мучили сомнения, и тогда она готова была бежать от пёстрой фигуры и лаять. Новое место, веерообразный огонёк, запах, метаморфоза, случившаяся с хозяином, – всё это вселяло в неё неопределённый страх и предчувствие, что она непременно встретится с каким-нибудь ужасом вроде толстой рожи с хвостом вместо носа. А тут ещё где-то за стеной далеко играла ненавистная музыка и слышался временами непонятный рёв. Одно только и успокаивало её – это невозмутимость Фёдора Тимофеича. Он преспокойно дремал под табуретом и не открывал глаз, даже когда двигался табурет.

Какой-то человек во фраке и в белой жилетке заглянул в комнатку и сказал:

– Сейчас выход мисс Арабеллы. После неё – вы.

Хозяин ничего не ответил. Он вытащил из-под стола небольшой чемодан, сел и стал ждать. По губам и по рукам его было заметно, что он волновался, и Тётка слышала, как дрожало его дыхание.

– M-r Жорж, пожалуйте! – крикнул кто-то за дверью.

Хозяин встал и три раза перекрестился, потом достал из-под табурета кота и сунул его в чемодан.

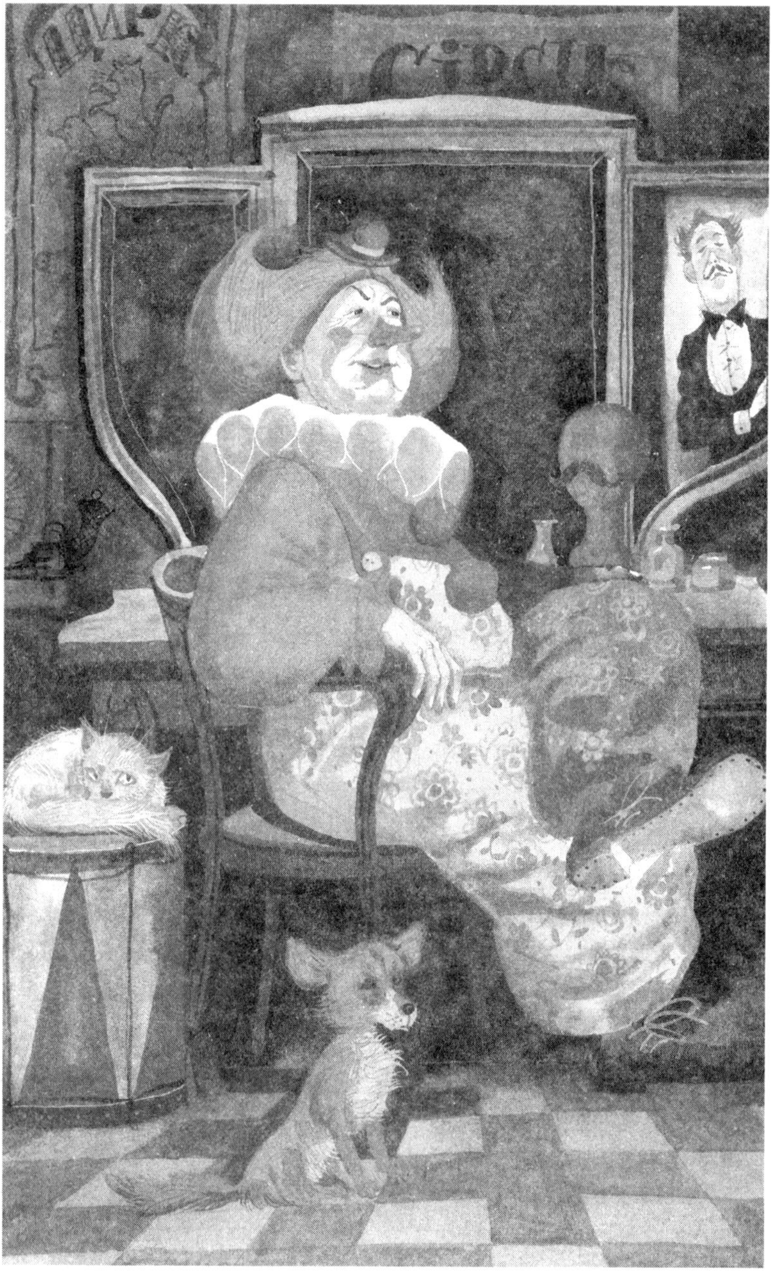

— Иди, Тётка! — сказал он тихо.

Тётка, ничего не понимая, подошла к его рукам; он поцеловал её в голову и положил рядом с Фёдором Тимофеичем. Засим наступили потёмки... Тётка топталась по коту, царапала стенки чемодана и от ужаса не могла произнести ни звука, а чемодан покачивался, как на волнах, и дрожал...

— А вот и я! — громко крикнул хозяин. — А вот и я!

Тётка почувствовала, что после этого крика чемодан ударился о что-то твёрдое и перестал качаться. Послышался громкий густой рёв: по ком-то хлопали, и этот кто-то, вероятно рожа с хвостом вместо носа, ревел и хохотал так громко, что задрожали замочки у чемодана. В ответ на рёв раздался пронзительный, визгливый смех хозяина, каким он никогда не смеялся дома.

— Га! — крикнул он, стараясь перекричать рёв. — Почтеннейшая публика! Я сейчас только с вокзала! У меня издохла бабушка и оставила мне наследство! В чемодане что-то очень тяжёлое — очевидно, золото... Га-а! И вдруг здесь миллион! Сейчас мы откроем и посмотрим...

В чемодане щёлкнул замок. Яркий свет ударил Тётку по глазам; она прыгнула вон из чемодана и, оглушённая рёвом, быстро, во всю прыть забегала вокруг своего хозяина и залилась звонким лаем.

— Га! — закричал хозяин. — Дядюшка Фёдор Тимофеич! Дорогая Тётушка! Милые родственники, чёрт бы вас взял!

Он упал животом на песок, схватил кота и Тётку и принялся обнимать их. Тётка, пока он тискал её в своих объятиях, мельком оглядела тот мир, в который занесла её судьба, и, поражённая его грандиозностью, на минуту застыла от удивления и восторга, потом вырвалась из объятий хозяина и от остроты впечатления, как волчок, закружилась на одном месте. Новый мир был велик и полон яркого света; куда ни взглянешь, всюду, от пола до потолка, видны были одни только лица, лица, лица и больше ничего.

— Тётушка, прошу вас сесть! — крикнул хозяин.

Помня, что это значит, Тётка вскочила на стул и села. Она поглядела на хозяина. Глаза его, как всегда, глядели серьёзно и ласково, но лицо, в особенности рот и зубы, были изуродованы широкой неподвижной улыбкой. Сам он хохотал, прыгал, подёргивал плечами и делал вид, что ему очень весело в присутствии тысячей лиц. Тётка поверила его весёлости, вдруг почувствовала всем своим телом, что на неё смотрят эти тысячи лиц, подняла вверх свою лисью морду и радостно завыла.

— Вы, Тётушка, посидите, — сказал ей хозяин, — а мы с дядюшкой попляшем камаринского.

Фёдор Тимофеич в ожидании, когда его заставят делать глупости, стоял и равнодушно поглядывал по сторонам. Плясал он вяло, небрежно, угрюмо, и видно было по его движениям, по хвосту и по усам, что он глубоко презирал и толпу, и яркий свет, и хозяина, и себя... Протанцевав свою порцию, он зевнул и сел.

— Ну-с, Тётушка, — сказал хозяин, — сначала мы с вами споём, а потом попляшем. Хорошо?

Он вынул из кармана дудочку и заиграл. Тётка, не вынося музыки, беспокойно задвигалась на стуле и завыла. Со всех сторон послышались рёв и аплодисменты. Хозяин поклонился и, когда всё стихло, продолжал играть...

Во время исполнения одной очень высокой ноты где-то наверху среди публики кто-то громко ахнул.

– Тятька! – крикнул детский голос. – А ведь это Каштанка!

– Каштанка и есть! – подтвердил пьяненький, дребезжащий тенорок. – Каштанка! Федюшка, это, накажи бог, Каштанка! Фюйть!

Кто-то на галерее свистнул, и два голоса, один – детский, другой – мужской, громко позвали:

– Каштанка! Каштанка!

Тётка вздрогнула и посмотрела туда, где кричали. Два лица: одно волосатое, пьяное и ухмыляющееся, другое – пухлое, краснощёкое и испуганное – ударили её по глазам, как раньше ударил яркий свет... Она вспомнила, упала со стула и забилась на песке, потом вскочила и с радостным визгом бросилась к этим лицам. Раздался оглушительный рёв, пронизанный насквозь свистками и пронзительным детским криком:

– Каштанка! Каштанка!

Тётка прыгнула через барьер, потом через чьё-то плечо, очутилась в ложе; чтобы попасть в следующий ярус, нужно было перескочить высокую стену; Тётка прыгнула, но не допрыгнула и поползла назад по стене. Затем она переходила с рук на руки, лизала чьи-то руки и лица, подвигалась всё выше и выше и наконец попала на галёрку...

Спустя полчаса Каштанка шла уже по улице за людьми, от которых пахло клеем и лаком. Лука Александрыч покачивался и инстинктивно, наученный опытом, старался держаться подальше от канавы.

— В бездне греховней валяюся во утробе моей... — бормотал он. — А ты, Каштанка, — недоумение. Супротив человека ты всё равно, что плотник супротив столяра.

Рядом с ним шагал Федюшка в отцовском картузе.

Каштанка глядела им обоим в спины, и ей казалось, что она давно уже идёт за ними и радуется, что жизнь её не обрывалась ни на минуту.

Вспомнила она комнатку с грязными обоями, гуся, Фёдора Тимофеича, вкусные обеды, ученье, цирк, но всё это представлялось ей теперь, как длинный, перепутанный, тяжёлый сон...

НАЛИМ

Летнее утро. В воздухе тишина; только поскрипывает на берегу кузнечик да где-то робко мурлыкает орличка. На небе неподвижно стоят перистые облака, похожие на рассыпанный снег...

Около строящейся купальни, под зелёными ветвями ивняка, барахтается в воде плотник Герасим, высокий, тощий мужик с рыжей курчавой головой и с лицом, поросшим волосами. Он пыхтит, отдувается и, сильно мигая глазами, старается достать что-то из-под корней ивняка. Лицо его покрыто потом.

На сажень от Герасима, по горло в воде, стоит плотник Любим, молодой горбатый мужик с треугольным лицом и с узкими, китайскими глазками.

Как Герасим, так и Любим, оба в рубахах и портах. Оба посинели от холода, потому что уж больше часа сидят в воде...

– Да что ты всё рукой тычешь? – кричит горбатый Любим, дрожа как в лихорадке. – Голова ты садовая! Ты держи его, держи, а то уйдёт, анафема! Держи, говорю!

— Не уйдёт... Куда ему уйтить? Он под корягу забился... — говорит Герасим охрипшим, глухим басом, идущим не из гортани, а из глубины живота. — Скользкий, шут, и ухватить не за что.

— Ты за зебры хватай, за зебры!

— Не видать жабров-то... Постой, ухватил за что-то... За губу ухватил... Кусается, шут!

— Не тащи за губу, не тащи — выпустишь! За зебры хватай его, за зебры хватай! Опять почал рукой тыкать! Да и беспонятный же мужик, прости Царица Небесная! Хватай!

— «Хватай»... — дразнит Герасим. — Командёр какой нашёлся... Шёл бы да и хватал бы сам, горбатый чёрт... Чего стоишь?

— Ухватил бы я, коли б можно было... Нешто при моей низкой комплекцыи можно под берегом стоять? Там глыбоко!

— Ничего, что глыбоко... Ты вплавь...

Горбач взмахивает руками, подплывает к Герасиму и хватается за ветки. При первой же попытке стать на ноги он погружается с головой и пускает пузыри.

— Говорил же, что глыбоко! — говорит он, сердито вращая белками. — На шею тебе сяду, что ли?

— А ты на корягу стань... Коряг много, словно лестница...

Горбач нащупывает пяткой корягу и, крепко ухватившись сразу за несколько веток, становится на неё... Совладавши с равновесием и укрепившись на новой позиции, он изгибается и, стараясь не набрать в рот воды, начинает правой рукой шарить между корягами. Путаясь в водорослях, скользя по мху, покрывающему коряги, рука его наскакивает на колючие клешни рака...

— Тебя ещё тут, чёрта, не видали! — говорит Любим и со злобой выбрасывает на берег рака.

Наконец рука его нащупывает руку Герасима и, спускаясь по ней, доходит до чего-то склизкого, холодного.

— Во-от он!.. — улыбается Любим. — Зда-аровый, шут... Оттопырь-ка пальцы, я его сичас... за зебры... Постой, не толкай локтем... я его сичас... сичас, дай только взяться... Далече, шут, под корягу забился, не за что и ухватиться... Не доберёшься до головы... Пузо одно только и слыхать... Убей мне на шее комара — жжёт! Я сичас... под зебры его... Заходи сбоку, пхай его, пхай! Шпыняй его пальцем!

Горбач, надув щёки, притаив дыхание, вытаращивает глаза и, по-видимому, уже залезает пальцами «под зебры», но тут ветки, за которые цепляется его левая рука, обрываются, и он, потеряв равновесие, — бултых в воду! Словно испуганные, бегут от берега волнистые круги, и на месте падения вскакивают пузыри. Горбач выплывает и, фыркая, хватается за ветки.

— Утонешь ещё, чёрт, отвечать за тебя придётся!.. — хрипит Герасим. — Вылазь, ну тя к лешему! Я сам вытащу!

Начинается ругань... А солнце печёт и печёт. Тени становятся короче и уходят в самих себя, как рога улитки... Высокая трава, пригретая солнцем, начинает испускать из себя густой, приторно-медовый запах. Уж скоро полдень, а Герасим и Любим всё ещё барахтаются под ивняком. Хриплый бас и озябший, визгливый тенор неугомонно нарушают тишину летнего дня.

– Тащи его за зебры, тащи! Постой, я его выпихну! Да куда суёшься-то с кулачищем? Ты пальцем, а не кулаком – рыло! Заходи сбоку! Слева заходи, слева, а то вправе колдобина! Угодишь к лешему на ужин! Тяни за губу!

Слышится хлопанье бича...

По отлогому берегу к водопою лениво плетётся стадо, гонимое пастухом Ефимом. Пастух, дряхлый старик с одним глазом и покрившимся ртом, идёт, понуря голову, и глядит себе под ноги. Первыми подходят к воде овцы, за ними лошади, за лошадьми коровы.

– Потолкай его из-под низу! – слышит он голос Любима. – Просунь палец! Да ты глухой, чё-ёрт, что ли? Тьфу!

– Кого это вы, братцы? – кричит Ефим.

– Налима! Никак не вытащим! Под корягу забился! Заходи сбоку! Заходи, заходи!

Ефим минуту щурит свой глаз на рыболовов, затем снимает лапти, сбрасывает с плеч мешочек и снимает рубаху. Сбросить порты не хватает у него терпения, и он, перекрестясь, балансируя худыми, тёмными руками, лезет в портах в воду... Шагов пятьдесят он проходит по илистому дну, но затем пускается вплавь.

– Постой, ребятушки! – кричит он. – Постой! Не вытаскивайте его зря, упустите. Надо умеючи!..

Ефим присоединяется к плотникам, и все трое, толкая друг друга локтями и коленями, пыхтя и ругаясь, толкутся на одном месте... Горбатый Любим

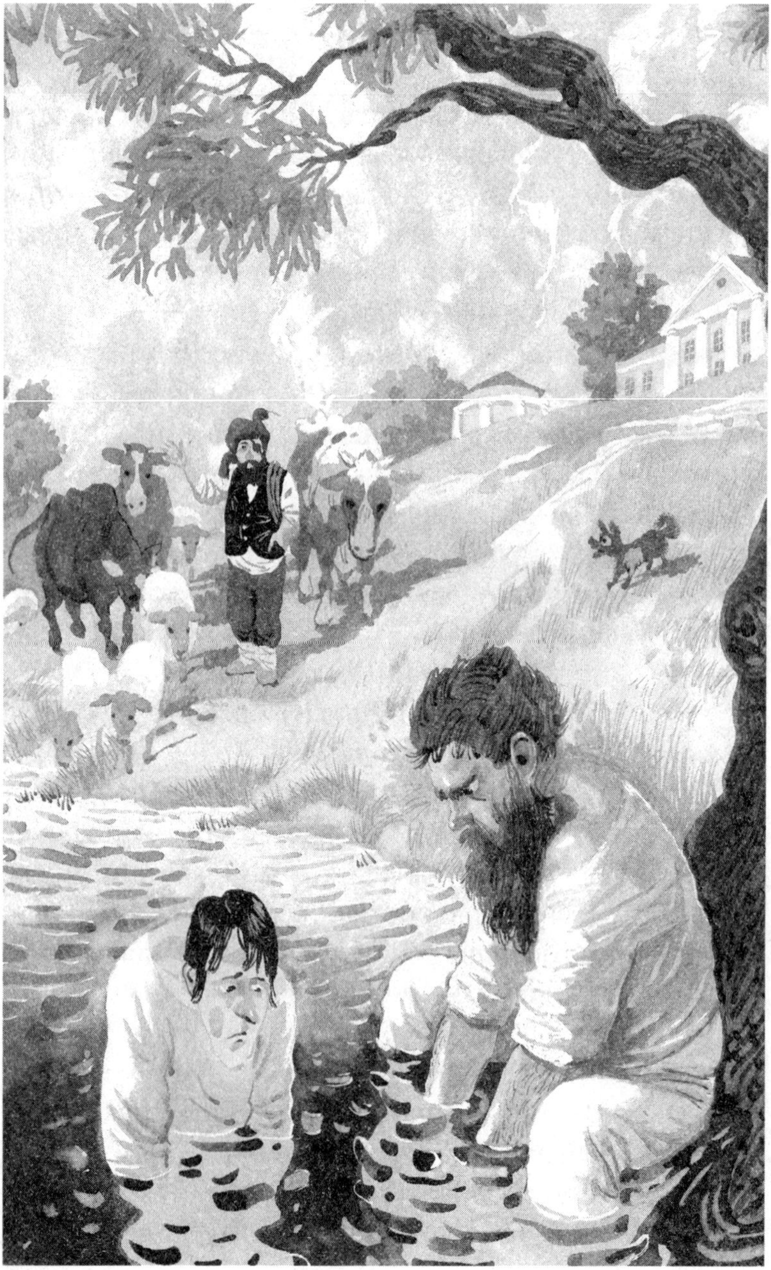

захлёбывается, и воздух оглашается резким, судорожным кашлем.

– Где пастух? – слышится с берега крик. – Ефи-им! Пастух! Где ты? Стадо в сад полезло! Гони, гони из саду! Гони! Да где ж он, старый разбойник?

Слышатся мужские голоса, затем женский...

Из-за решётки барского сада показывается барин Андрей Андреич в халате из персидской шали и с газетой в руке... Он смотрит вопросительно по направлению криков, несущихся с реки, и потом быстро семенит к купальне...

– Что здесь? Кто орёт? – спрашивает он строго, увидав сквозь ветви ивняка три мокрые головы рыболовов. – Что вы здесь копошитесь?

– Ры... рыбку ловим... – лепечет Ефим, не поднимая головы.

– А вот я тебе задам рыбку! Стадо в сад полезло, а он рыбку!.. Когда же купальня будет готова, черти? Два дня как работаете, а где ваша работа?

– Бу... будет готова... – кряхтит Герасим. – Лето велико, успеешь ещё, вашескородие, помыться... Пфрр... Никак вот тут с налимом не управимся... Забрался под корягу и словно в норе: ни туда ни сюда...

– Налим? – спрашивает барин, и глаза его подёргиваются лаком. – Так тащите его скорей!

– Ужо дашь полтинничек... Удружим ежели... Здоровенный налим, что твоя купчиха... Стóит, вашескородие, полтинник... за труды... Не мни его, Любим, не мни, а то замучишь! Подпирай снизу! Тащи-ка корягу кверху, добрый человек... как тебя? Кверху, а не книзу, дьявол! Не болтайте ногами!

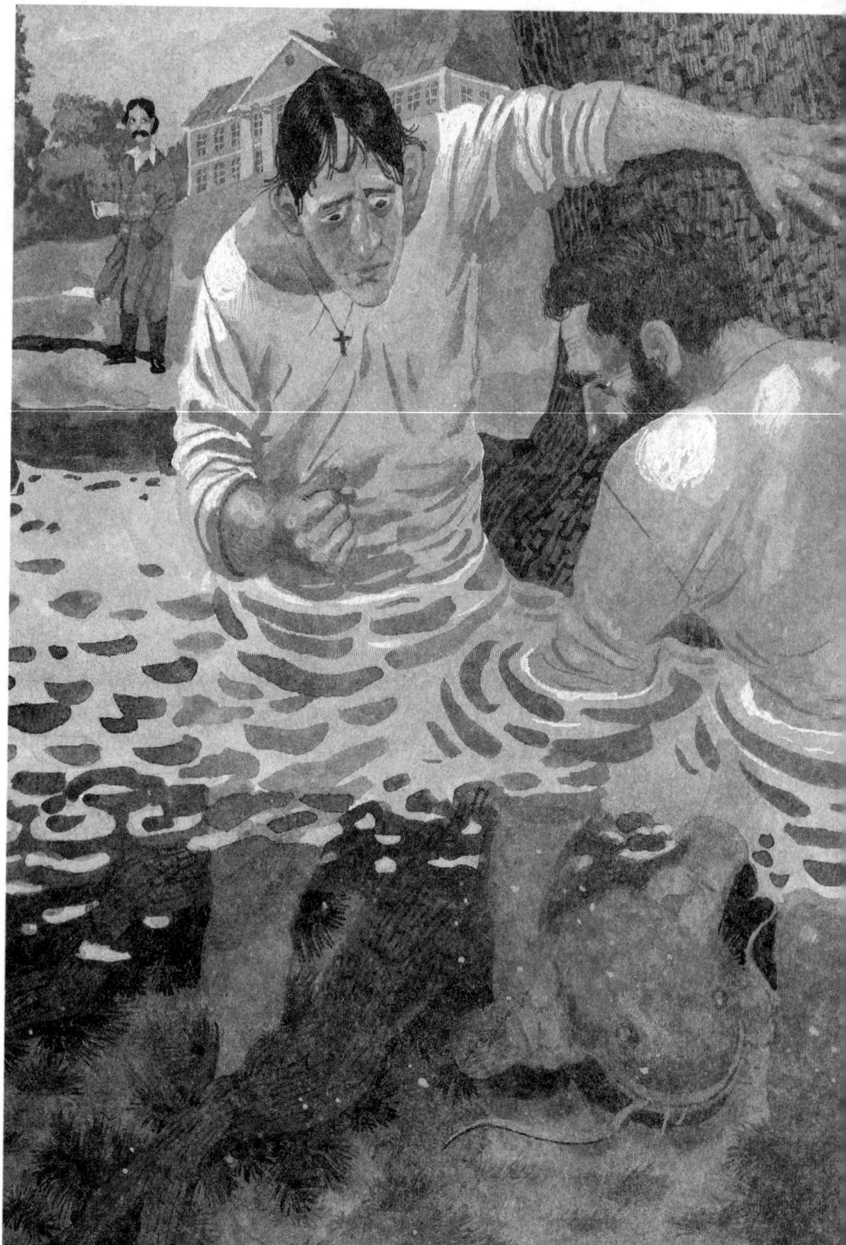

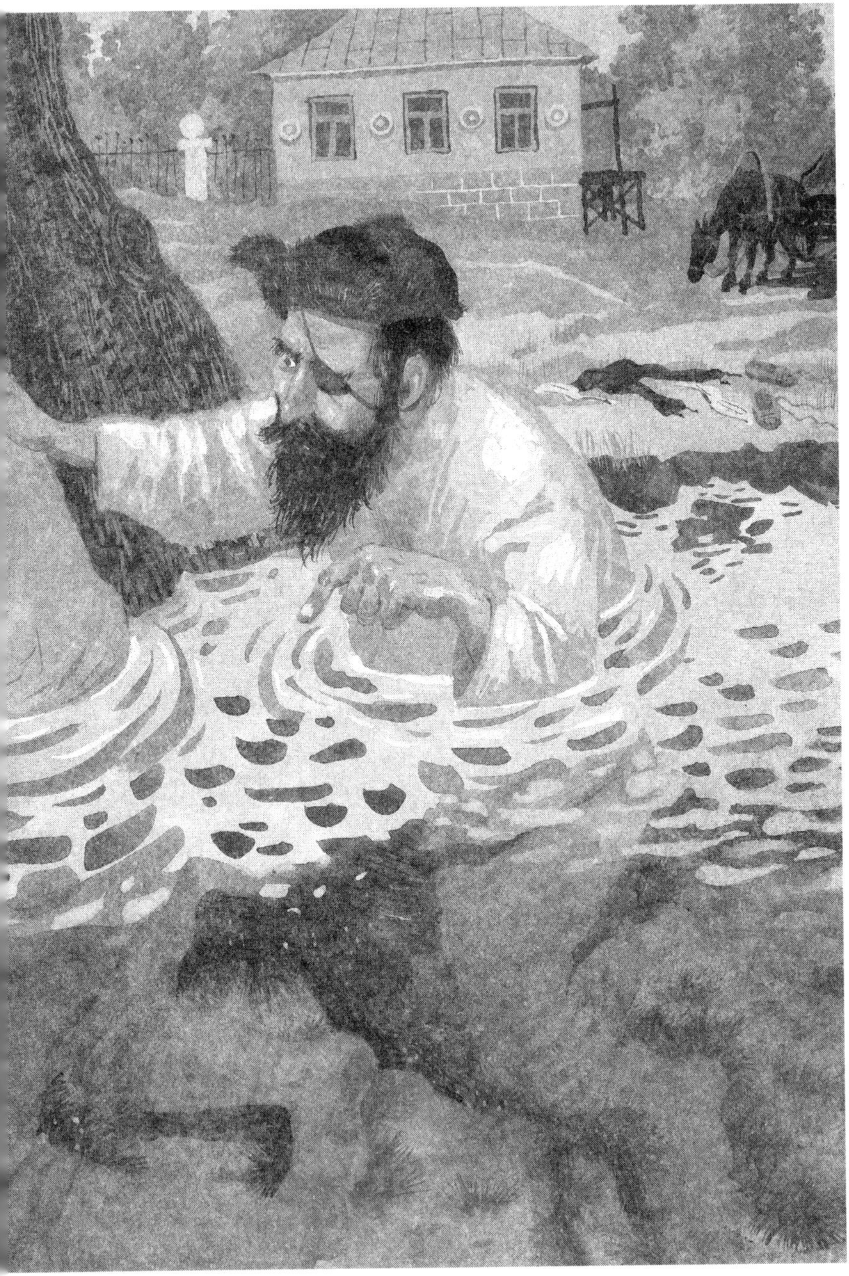

Проходит пять минут, десять... Барину становится невтерпёж.

— Василий! — кричит он, повернувшись к усадьбе. — Васька! Позовите ко мне Василия!

Прибегает кучер Василий. Он что-то жуёт и тяжело дышит.

— Полезай в воду, — приказывает ему барин, — помоги им вытащить налима... Налима не вытащат!

Василий быстро раздевается и лезет в воду.

— Я сичас... — бормочет он. — Где налим? Я сичас... Мы это мигом! А ты бы ушёл, Ефим! Нечего тебе тут, старому человеку, не в своё дело мешаться! Который тут налим? Я его сичас... Вот он! Пустите руки!

— Да чего пустите руки? Сами знаем: пустите руки! А ты вытащи!

— Да нешто его так вытащишь? Надо за голову!

— А голова под корягой! Знамо дело, дурак!

— Ну, не лай, а то влетит! Сволочь!

— При господине барине и такие слова... — лепечет Ефим. — Не вытащите вы, братцы! Уж больно ловко он засел туда!

— Погодите, я сейчас... — говорит барин и начинает торопливо раздеваться. — Четыре вас дурака, и налима вытащить не можете!

Раздевшись, Андрей Андреич даёт себе остынуть и лезет в воду. Но и его вмешательство не ведёт ни к чему.

— Подрубить корягу надо! — решает наконец Любим. — Герасим, сходи за топором! Топор подайте!

— Пальцев-то себе не отрубите! — говорит барин, когда слышатся подводные удары топора о корягу. —

Ефим, пошёл вон отсюда! Постойте, я налима вытащу... Вы не тово...

Коряга подрублена. Её слегка надламывают, и Андрей Андреич, к великому своему удовольствию, чувствует, как его пальцы лезут налиму под жабры.

– Тащу, братцы! Не толпитесь... стойте... тащу!

На поверхности показывается большая налимья голова и за нею чёрное аршинное тело. Налим тяжело ворочает хвостом и старается вырваться.

– Шалишь... Дудки, брат. Попался? Ага!

По всем лицам разливается медовая улыбка. Минута проходит в молчаливом созерцании.

– Знатный налим! – лепечет Ефим, почёсывая под ключицами. – Чай, фунтов десять будет...

– Н-да... – соглашается барин. – Печёнка-то так и отдувается. Так и прёт её из нутра. А... ах!

Налим вдруг неожиданно делает резкое движение хвостом вверх, и рыболовы слышат сильный плеск... Все растопыривают руки, но уже поздно; налим – поминай как звали.

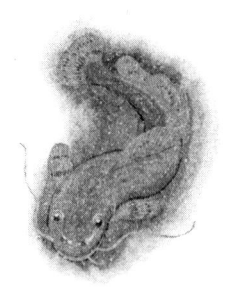

БЕЛОЛОБЫЙ

Голодная волчиха встала, чтобы идти на охоту. Её волчата, все трое, крепко спали, сбившись в кучу, и грели друг друга. Она облизала их и пошла.

Был уже весенний месяц март, но по ночам деревья трещали от холода, как в декабре, и едва высунешь язык, как его начинало сильно щипать. Волчиха была слабого здоровья, мнительная; она вздрагивала от малейшего шума и всё думала о том, как бы дома без неё кто не обидел волчат. Запах человеческих и лошадиных следов, пни, сложенные дрова и тёмная унавоженная дорога пугали её; ей казалось, будто за деревьями в потёмках стоят люди и где-то за лесом воют собаки.

Она была уже не молода, и чутьё у неё ослабело, так что, случалось, лисий след она принимала за собачий и иногда даже, обманутая чутьём, сбивалась с дороги, чего с нею никогда не бывало в молодости. По слабости здоровья она уже не охотилась на телят и крупных баранов, как прежде, и уже далеко обходила лошадей с жеребятами, а питалась одною падалью; свежее мясо ей приходилось кушать очень редко, только весной, когда она, набредя на зайчиху, отнимала у неё детей или забиралась к мужикам в хлев, где были ягнята.

В верстах четырёх от её логовища, у почтовой дороги, стояло зимовье.

Тут жил сторож Игнат, старик лет семидесяти, который всё кашлял и разговаривал сам с собой; обыкновенно ночью он спал, а днём бродил по лесу с ружьём-одностволкой и посвистывал на зайцев. Должно быть, раньше он служил в механиках, потому что каждый раз, прежде чем остановиться, кричал себе: «Стоп, машина!», и прежде чем пойти дальше: «Полный ход!» При нём находилась громадная чёрная собака неизвестной породы, по имени Арапка.

Когда она забегала далеко вперёд, то он кричал ей: «Задний ход!» Иногда он пел и при этом сильно шатался и часто падал (волчиха думала, что это от ветра) и кричал: «Сошёл с рельсов!»

Волчиха помнила, что летом и осенью около зимовья паслись баран и две ярки, и когда она не так давно пробегала мимо, то ей послышалось, будто в хлеву блеяли. И теперь, подходя к зимовью, она соображала, что уже март и, судя по времени, в хлеву должны быть ягнята непременно. Её мучил голод, она думала о том, с какою жадностью она будет есть ягнёнка, и от таких мыслей зубы у неё щёлкали и глаза светились в потёмках, как два огонька.

Изба Игната, его сарай, хлев и колодец были окружены высокими сугробами. Было тихо. Арапка, должно быть, спала под сараем.

По сугробу волчиха взобралась на хлев и стала разгребать лапами и мордой соломенную крышу.

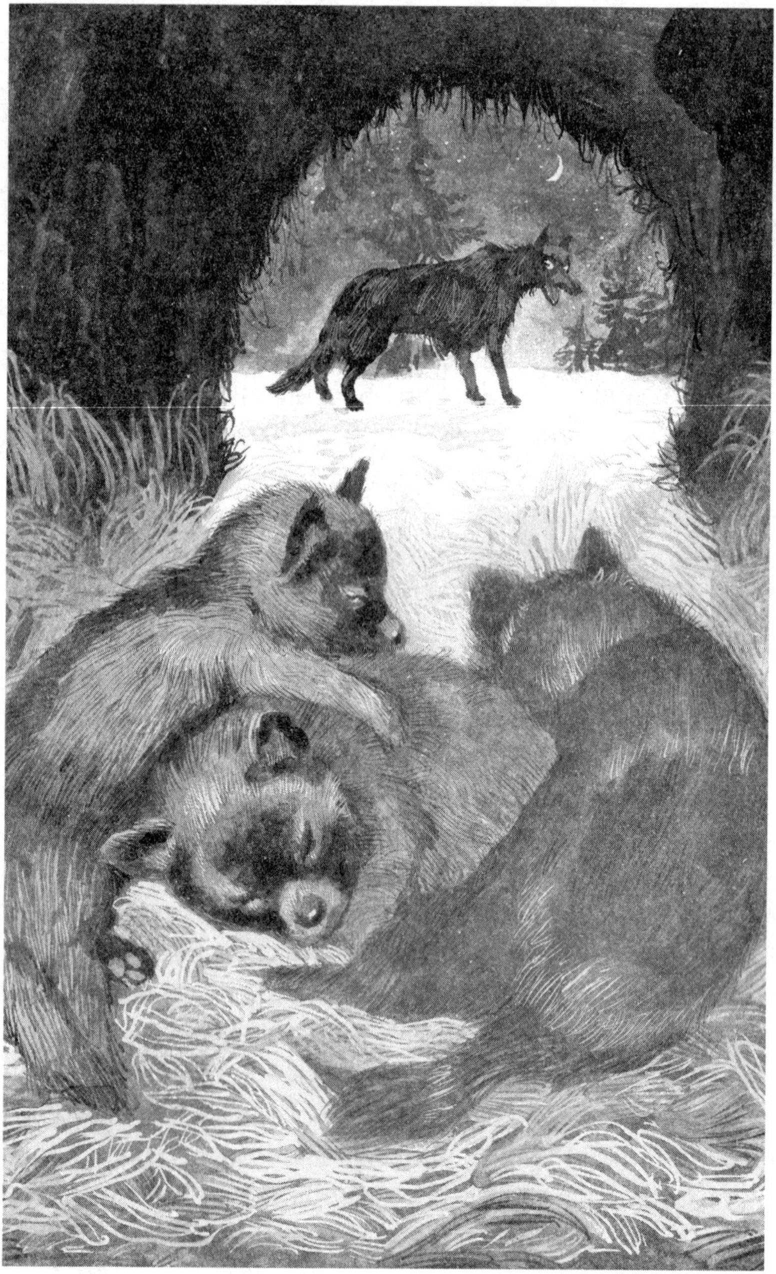

Солома была гнилая и рыхлая, так что волчиха едва не провалилась; на неё вдруг прямо в морду пахнуло тёплым паром и запахом навоза и овечьего молока. Внизу, почувствовав холод, нежно заблеял ягнёнок.

Прыгнув в дыру, волчиха упала передними лапами и грудью на что-то мягкое и тёплое, должно быть, на барана, и в это время в хлеву что-то вдруг завизжало, залаяло и залилось тонким, подвывающим голоском, овцы шарахнулись к стенке, и волчиха, испугавшись, схватила, что первое попалось в зубы, и бросилась вон...

Она бежала, напрягая силы, а в это время Арапка, уже почуявшая волка, неистово выла, кудахтали в зимовье потревоженные куры, и Игнат, выйдя на крыльцо, кричал:

– Полный ход! Пошёл к свистку!

И свистел, как машина, и потом – го-го-го-го!.. И весь этот шум повторяло лесное эхо.

Когда мало-помалу всё это затихло, волчиха успокоилась немного и стала замечать, что её добыча, которую она держала в зубах и волокла по снегу, была тяжелее и как будто твёрже, чем обыкновенно бывают в эту пору ягнята; и пахло как будто иначе, и слышались какие-то странные звуки... Волчиха остановилась и положила свою ношу на снег, чтобы отдохнуть и начать есть, и вдруг отскочила с отвращением. Это был не ягнёнок, а щенок, чёрный, с большой головой и на высоких ногах, крупной породы, с таким же белым пятном во весь лоб, как у Арапки. Судя по манерам, это был невежа, простой дворняжка. Он облизал свою помятую, раненую спину и как ни в чём не бывало замахал хвостом и залаял на волчиху. Она зарычала, как собака, и побежала от него. Он за ней. Она оглянулась и щёлкнула зубами; он остановился в недоумении и, вероятно решив, что это она играет с ним, протянул морду по направлению к зимовью и залился звонким радостным лаем, как бы приглашая мать свою Арапку поиграть с ним и с волчихой.

Уже светало, и когда волчиха пробиралась к себе густым осинником, то было видно отчётливо каждую осинку, и уже просыпались тетерева и часто вспархивали красивые петухи, обеспокоенные неосторожными прыжками и лаем щенка.

«Зачем он бежит за мной? – думала волчиха с досадой. – Должно быть, он хочет, чтобы я его съела».

Жила она с волчатами в неглубокой яме; года три назад во время сильной бури вывернуло с корнем высокую старую сосну, отчего и образовалась эта яма. Теперь на дне её были старые листья и мох, тут же валялись кости и бычьи рога, которыми играли волчата. Они уже проснулись, и все трое, очень похожие друг на друга, стояли рядом на краю своей ямы и, глядя на возвращавшуюся мать, помахивали хвостами. Увидев их, щенок остановился поодаль и долго смотрел на них; заметив, что они тоже внимательно смотрят на него, он стал лаять на них сердито, как на чужих.

Уже рассвело, и взошло солнце, засверкал кругом снег, а он всё стоял поодаль и лаял. Волчата сосали свою мать, пихая её лапами в тощий живот, а она в это время грызла лошадиную кость, белую и сухую;

её мучил голод, голова разболелась от собачьего лая, и хотелось ей броситься на непрошеного гостя и разорвать его.

Наконец щенок утомился и охрип; видя, что его не боятся и даже не обращают на него внимания, он стал несмело, то приседая, то подскакивая, подходить к волчатам. Теперь, при дневном свете, легко уже было рассмотреть его... Белый лоб у него был большой, а на лбу бугор, какой бывает у очень глупых собак; глаза были маленькие, голубые, тусклые, а выражение всей морды чрезвычайно глупое. Подойдя к волчатам, он протянул вперёд широкие лапы, положил на них морду и начал:

– Мня, мня... нга-нга-нга!..

Волчата ничего не поняли, но замахали хвостами. Тогда щенок ударил лапой одного волчонка по большой голове. Волчонок тоже ударил его лапой по голове. Щенок стал к нему боком и посмотрел на него искоса, помахивая хвостом, потом вдруг рванулся с места и сделал несколько кругов по насту.

Волчата погнались за ним, он упал на спину и задрал вверх ноги, а они втроём напали на него и, визжа от восторга, стали кусать его, но не больно, а в шутку. Вороны сидели на высокой сосне, и смотрели сверху на их борьбу, и очень беспокоились. Стало шумно и весело. Солнце припекало уже по-весеннему; и петухи, то и дело перелетавшие через сосну, поваленную бурей, при блеске солнца казались изумрудными.

Обыкновенно волчихи приучают своих детей к охоте, давая им поиграть добычей; и теперь, глядя, как волчата гонялись по насту за щенком и боролись с ним, волчиха думала: «Пускай приучаются».

Наигравшись, волчата пошли в яму и легли спать. Щенок повыл немного с голоду, потом также растянулся на солнышке. А проснувшись, опять стали играть.

Весь день и вечером волчиха вспоминала, как прошлою ночью в хлеву блеял ягнёнок и как пахло овечьим молоком, и от аппетита она всё щёлкала зубами и не переставала грызть с жадностью старую кость, воображая себе, что это ягнёнок. Волчата сосали, а щенок, который хотел есть, бегал кругом и обнюхивал снег.

«Съем-ка его...» – решила волчиха.

Она подошла к нему, а он лизнул её в морду и заскулил, думая, что она хочет играть с ним.

В былое время она едала собак, но от щенка сильно пахло псиной, и по слабости здоровья она уже не терпела этого запаха; ей стало противно, и она отошла прочь...

К ночи похолодело. Щенок соскучился и ушёл домой.

Когда волчата крепко уснули, волчиха опять отправилась на охоту. Как и в прошлую ночь, она тревожилась малейшего шума, и её пугали пни, дрова, тёмные, одиноко стоящие кусты можжевельника, издали похожие на людей. Она бежала в стороне от дороги, по насту.

Вдруг далеко впереди на дороге замелькало что-то тёмное... Она напрягла зрение и слух: в самом деле, что-то шло впереди, и даже слышны были мерные шаги. Не барсук ли? Она осторожно, чуть дыша, забирая всё в сторону, обогнала тёмное пятно, оглянулась на него и узнала. Это не спеша, шагом, возвращался к себе в зимовье щенок с белым лбом.

«Как бы он опять мне не помешал», – подумала волчиха и быстро побежала вперёд.

Но зимовье было уже близко.

Она опять взобралась на хлев по сугробу. Вчерашняя дыра была уже заделана яровой соломой, и по крыше протянулись две новые слеги.

Волчиха стала быстро работать ногами и мордой, оглядываясь, не идёт ли щенок, но едва пахнуло на неё тёплым паром и запахом навоза, как сзади послышался радостный, заливчатый лай. Это вернулся щенок. Он прыгнул к волчихе на крышу, потом в дыру и, почувствовав себя дома, в тепле, узнав своих овец, залаял ещё громче... Арапка проснулась под сараем и, почуяв волка, завыла, закудахтали куры, и когда на крыльце показался Игнат со своей одностволкой, то перепуганная волчиха была уже далеко от зимовья.

– Фюйть! – засвистел Игнат. – Фюйть! Гони на всех парах!

Он спустил курок – ружьё дало осечку; он спустил ещё раз – опять осечка; он спустил в третий раз – и громадный огненный сноп вылетел из ствола, и раздалось оглушительное «бу! бу!». Ему сильно отдало в плечо; и, взявши в одну руку ружьё, а в другую топор, он пошёл посмотреть, отчего шум...

Немного погодя он вернулся в избу.

– Что там? – спросил хриплым голосом странник, ночевавший у него в эту ночь и разбуженный шумом.

– Ничего... – ответил Игнат. – Пустое дело. Повадился наш Белолобый с овцами спать, в тепле. Только нет того понятия, чтобы в дверь, а норовит всё как бы в крышу. Намедни ночью разобрал крышу и гулять ушёл, подлец, а теперь вернулся и опять разворошил крышу.

– Глупый.

– Да, пружина в мозгу лопнула. Смерть не люблю глупых! – вздохнул Игнат, полезая на печь. – Ну, божий человек, рано ещё вставать, давай спать полным ходом...

А утром он подозвал к себе Белолобого, больно оттрепал его за уши и потом, наказывая его хворостиной, всё приговаривал:

– Ходи в дверь! Ходи в дверь! Ходи в дверь!

СОДЕРЖАНИЕ

О. Корф. «Собачьи сказки»
и другие истории для детей
5

Ванька
9

Мальчики
17

Детвора
29

Каштанка
39

Налим
76

Белолобый
86

Литературно-художественное издание

Для среднего школьного возраста

ЧЕХОВ Антон Павлович

КАШТАНКА

Рассказы

Ответственный редактор *С. В. Рахманова*
Художественный редактор *С. А. Карпухин*
Технический редактор *С. А. Грачева*
Корректор *Е. В. Туманова*
Вёрстка *О. В. Краюшкина*

Подписано в печать 15.04.2016. Формат 60×90 $^1/_{16}$.
Гарнитура «Pragmatica». Бумага офсетная.
Печать офсетная. Усл. печ. л. 6,0.
Доп. тираж 8000 экз. D-SCC-18523-02-R. Заказ № 11584.

ООО «Издательская Группа «Азбука-Аттикус» —
обладатель товарного знака Machaon
119334, Москва, 5-й Донской проезд, д. 15, стр. 4
Тел. (495) 933-76-01, факс (495) 933-76-19
E-mail: sales@atticus-group.ru; info@azbooka-m.ru

Филиал ООО «Издательская Группа «Азбука-Аттикус» в г. Санкт-Петербурге
191123, Санкт-Петербург, Воскресенская набережная, д. 12, лит. А
Тел. (812) 327-04-55
E-mail: trade@azbooka.spb.ru; atticus@azbooka.spb.ru

ЧП «Издательство «Махаон-Украина»
04073, Киев, Московский проспект, д. 6, 2-й этаж
Тел./факс (044) 490-99-01
e-mail: sale@machaon.kiev.ua

ЧП «Издательство «Махаон»
61070, Харьков, ул. Ак. Проскуры, д. 1
Тел. (057) 315-15-64, 315-25-81
e-mail: machaon@machaon.kharkov.ua

www.azbooka.ru; www.atticus-group.ru

Отпечатано в ООО «Тульская типография».
300026, г. Тула, пр. Ленина, 109.

Знак информационной продукции (Федеральный закон № 436-ФЗ от 29.12.2010 г.) **0+**